美丽中国
少年说

张彩霞 / 主　编
吴春雷 / 副主编

济南出版社

图书在版编目（CIP）数据

美丽中国少年说 / 张彩霞主编 . —— 济南：济南出版社，2024.7
ISBN 978-7-5488-6201-7

Ⅰ . ①美… Ⅱ . ①张… Ⅲ . ①故事 – 作品集 – 中国 – 当代 Ⅳ . ① I247.81

中国国家版本馆 CIP 数据核字（2024）第 045312 号

美丽中国少年说

MEILI ZHONGGUO SHAONIAN SHUO

主 编 张彩霞
副主编 吴春雷

出 版 人 谢金岭
责任编辑 张 静 戴 月 乔俊连 孙益彰
装帧设计 张 倩

出版发行 济南出版社
地 址 山东省济南市二环南路 1 号（250002）
总 编 室 0531-86131715
印 刷 济南新科印务有限公司
版 次 2024 年 7 月第 1 版
印 次 2024 年 7 月第 1 次印刷
开 本 170mm×240mm 1/16
印 张 6
字 数 65 千字
书 号 ISBN 978-7-5488-6201-7
定 价 25.00 元

如有印装质量问题 请与出版社出版部联系调换
电话：0531-86131716

"草木植成，国之富也。"巍巍高山、茫茫草原、茂密森林、碧海蓝天、洁净河滩……2005 年 8 月 15 日，习近平同志在浙江省湖州市安吉县余村首次提出"绿水青山就是金山银山"的科学论断。如今，新时代生态文明建设的成就举世瞩目，成为新时代党和国家事业取得历史性成就、发生历史性变革的显著标志。

来自五湖四海、具有不同生活背景的青少年，都正在以自己的方式积极学习和践行习近平生态文明思想，为建设美丽中国作出努力。本书以青少年的笔触，感悟习近平生态文明思想，展现美丽中国的时代变化，记录青春行动故事。净滩护水、为垃圾分类、守护候鸟……小作者们关注生态发展，并用满腔勇气和热情尝试解决发展中的问题，这种责任担当，展现出青少年的力量和希望。

我们每个人都应该是"绿水青山就是金山银山"理念的积极传播者和模范践行者。无论你是少年，还是曾经的少年，都希望你能在本书中找到共鸣，找到方向，找到力量。在人人、事事、时时、处处崇尚生态文明的良好社会氛围中，让我们携手共进，为建设一个更加美好的生态家园而努力奋斗！

理念篇　生态兴则文明兴

变化篇　望山看水有乡愁

行动篇　美丽中国我行动

理念篇
生态兴则文明兴

- 🌿 自古时起，中华民族便追求人与自然的和谐共生，天人合一、道法自然的生态哲学思想在中华大地绵延，历经千年而不褪色。

- 🌿 林间光影斑驳，虫鸣婉转，石潭见底，碧草十里。这是"天上宫阙"，是"世外桃源"，是我们每一个人殷殷盼望着的"绿色中国"。

- 🌿 美丽中国，美于外在，亦在其内涵。青山绿水是其"皮肤"，是世人第一眼捕捉的美；薪火相传的文化为其"筋骨"，是中华民族的血脉和灵魂。

厚植生态文明理念　谱写美丽中国新篇

孟俊含

万亩郁郁葱葱的红树林在海风的吹拂下形成阵阵绿浪，以前很难见到的黑脸琵鹭成群结队地在这里栖息散步……罗源湾实施海洋生态保护和修复治理工程，将大量养殖塘改造成高潮位水鸟栖息地，让珍稀鸟类成为"常客"，让候鸟家园重焕生机。

年复一年，候鸟归去来。从向自然过度索取到对自然精心呵护，罗源湾的发展之变是中国全面推进湿地保护修复的一个缩影，也是人与自然和谐共生的生动实践。人与自然和谐共生的现代化愿景正逐步成为触手可及的现实。

高屋建瓴——感悟思想伟力

习近平生态文明思想是马克思主义基本原理同中国生态文明建设实践相结合、同中华优秀传统生态文化相结合的重大创新成果，为新时代我国生态文明建设提供了根本遵循和行动指南。

党的十八大以来，习近平总书记站在战略和全局高度，在继承和发展马克思主义关于人与自然关系的思想精华和理论品格的基础上，深刻揭示了人与自然的内在有机联系，科学阐明了保护与发展的辩证统一关系，从文明观维度系统阐述了生态与文明的关系。

习近平总书记指出："中华民族向来尊重自然、热爱自然，绵延5000多年的中华文明孕育着丰富的生态文化。"习近平生态文明思想传承发展"天人合一、万物并育"的自然观、借鉴"取之有度，用之有节"的发展观、传承"亲亲而仁民，仁民而爱物"的民生观，是对中华优秀传统生态文化进行的创造性转化、创新性发展。

人不负青山，青山定不负人。党的二十大报告指出，中国式现代化是人与自然和谐共生的现代化。新时代新征程，以中国式现代化推进中华民族伟大复兴，就是要在习近平生态文明思想指引下，坚定不移贯彻创新、协调、绿色、开放、共享的新发展理念，坚定不移走生产发展、生活富裕、生态良好的文明发展道路，实现中华民族永续发展，共建更加美丽美好的家园。

命运与共——汲取奋进力量

"一夜北风沙骑墙，早上起来驴上房。"地处腾格里沙漠南缘的八步沙林场，过去寸草不生，狂沙肆虐。20 世纪 80 年代初，当地六位老汉不甘家园被沙漠吞噬，主动挺进沙海，誓用白发换绿洲，并立下"一代一代干下去"的绿色承诺。40 多年来，三代人信守诺言，扎根沙漠、治沙造林，昔日漫漫黄沙如今林草郁郁葱葱，他们用一生创造了从"沙进人退"到"人进沙退"的绿色奇迹。

2019 年 8 月，习近平总书记来到八步沙林场，指出"新时代需要更多像'六老汉'这样的当代愚公、时代楷模"，强调"要弘扬'六老汉'困难面前不低头、敢把沙漠变绿洲的奋斗精神"。这是对"六老汉"英雄事迹的高度赞扬，也是对共建美好家园和美丽中国的深情号召。

每个人的一小步，汇聚成迈向美丽中国的一大步。一个人的力量有限，但只要乘以 14 亿多人口这个基数，就能迸发出建设美丽中国的磅礴伟力。让我们共同努力，把建设美丽中国的口号转化为每一个人的自觉行动，让山川更绿，让家园更美。

忠实践行——勾勒美好未来

尊重自然、顺应自然、保护自然，是全面建设社会主义现代化国家的内在要求。保护生态环境就是保护我们赖以生存的家园，人人有责更应人人尽责，作为中学生，我们每个人都应自觉做生态文明理念的模范践行者。

涵养生态道德，将生态价值观根植于心、付之于行。在日常学习中，我们应掌握环境污染治理、生物多样性保护、应对气候变化等方面的知识，学以致用、知行合一，让"绿水青山就是金山银山"理念内化于主，外化于行；应牢牢守住生态道德底线，不乱扔、乱放，不随意倾倒污水……我们每个人都要心存敬畏，时时警醒自己。

知敬畏、守底线，做好自我。合理设定空调温度；外出自带购物袋、水杯等；把闲置物品改造利用或交换捐赠……我们应从小事做起，绵绵用力、久久为功，推动形成节约适度、绿色低碳、文明健康的生活方式和消费模式，朝着生态文明的现代化中国迈进。

增强责任意识，积极参与监督。在面对破坏环境的行为时，要积极投诉举报，敢于出面制止。大旱之下，每一个"小我"都是甘霖，每个人都弘扬主人翁精神，发挥好监督作用，就能凝聚起生态环境保护的强大合力。

众力并则万钧举，人心齐则泰山移。生态文明建设功在当代、利在千秋，谁也不能只说不做、置身事外。让我们努力提高生态文明素养，尊重自然、顺应自然、保护自然，争当生态文明理念的模范践行者，为加快建设人与自然和谐共生的现代化添砖加瓦、增光添彩。

（指导教师：迟晓梅）

让鸟儿拥有更美丽的碧水蓝天

杜云汐

听妈妈说，从牙牙学语开始，只要看到鸟儿，我就会眼前一亮，高兴不已。

鸟是人类最亲密的朋友，爱鸟、护鸟是人类义不容辞的责任，因此世界上很多国家都有自己的爱鸟日、爱鸟节等，但最具普遍性的还是每年 4 月 1 日的"国际爱鸟日"。今年 4 月 1 日，天刚蒙蒙亮，我便迫不及待地穿好衣服，拿上相机，再三催促妈妈陪我到湖边用镜头捕捉"蓝天精灵"的美丽瞬间。

聊城最妙的观鸟处，非东昌湖国家湿地公园莫属。"叽叽叽""啾啾啾""喳喳喳"，鸟儿们欢快的叫声打破了黎明的寂静，让湿地公园顿时热闹起来。有的鸟儿站立枝头，好像在分享昨夜的好梦；有的鸟儿在枝丫间上下翻飞，好像在呼朋引伴、互道早安。"呼啦啦——"几只白鹭跃出芦苇丛，优雅地飞过湖面，倒影如画。我赶紧按下快门，将这一幅和谐的生态图永远定格下来。

"生态好不好，鸟儿最知道。"妈妈感慨道。

妈妈见我满脸疑惑，赶忙解释道："鸟儿是生态环境的'晴雨表'和'监考官'。它们对环境的变化很敏感，对生存环境的水质要求非常高。近年来，咱们聊城深入学习贯彻习近平生态文明思想，践行'绿水青山就是金山银山'理念，生态环境质量不断提升。你看，这么多鸟儿选择在咱们聊城'安营扎寨'、繁衍生息，说明咱们聊城的生态环境越来越好啦。"

"我觉得咱们聊城现在成为鸟的天堂啦。"

"那当然啦！你看前面的宣传牌上写的是什么？"妈妈指着前方的宣传牌问道。

我看着牌子上的字念道："保护野生动物就是保护人类自己，中国式现代化是人与自然和谐共生的现代化。妈妈，这是习近平爷爷的金句。"

"你这么爱鸟儿，一定要做好爱鸟宣传哦。"

"放心吧，妈妈。"我扬了扬手中的相机，"回家我就把照片打印出来，配上文字，设计一幅海报，周一拿到学校，讲给同学们听。"

妈妈竖起大拇指，在我眼前晃了晃："妈妈相信你一定能做好！"

水乃生态之基，鸟现生态之美。天空因为有了自由翱翔的鸟儿，更显得辽阔高远；聊城因为有了丰富多样的鸟儿，更显得自然和谐。我愿意做鸟类的小卫士，用我的爱心、我的行动，保护生态，呵护生命，守护"蓝天精灵"，让鸟儿们拥有更美丽的碧水蓝天！

（指导教师：连永生）

护青山绿水，不负黄河不负美

晋笑然

观九曲黄河，浪叠洪波，她起源于世界屋脊，不舍昼夜奔流入海，滋养着神州大地，养育了无数中华儿女。滔滔黄河水，奔流万余里。她以宽广博大的胸怀和沧桑厚重的历史勾勒出一条璀璨的时空长廊，水流泱泱，历世流淌，延续着中华文明的根脉。黄河很美，美在青藏高原的巍峨耸立，美在黄土高原的野性十足，美在华北平原的温润儒雅，美在黄河入海的波澜壮阔。

但是，黄河有时候也很任性，时而撒娇平静，时而愤怒漫堤，时而悲伤脆弱……几千年来，中华民族对黄河的"疗伤"一直没停过，"黄河宁，天下平"一直是中华儿女孜孜以求的美好愿景。习近平总书记十分重视黄河流域生态保护和高质量发展，新时代以来，多次强调生态文明建设。我们要保护黄河流域环境，留住黄河的生态美，不辜负大自然给予我们的恩赐。

不负黄河不负美，让山水田林湖草沙相依相融，实现全域治理。大自然是一个巧手匠，山水田林湖草沙是生命依存的共同体。解决黄河流域环境问题，表面在黄河，根源在全流域。黄河途经青藏高原、黄土高原、华北平原等地，流经大半个中国。保护黄河需要我们站在国家与民族的角度，牢固树立"一盘棋"思想，进行全流域治理，不能治一隅而失全局，顾短期而失长远，要注重黄河发展的整体利益与长远利益。

不负黄河不负美，让"绿水青山就是金山银山"的理念落地生根，实现绿色发展。为此，我们要转变发展思路，从过度开发利用向自然修复、休养生息转变，多措并举、综合发力，走生态文明发展道路。朱显谟院士为了"黄河清"的梦想扎根黄土高原，毕生致力于黄土高原水土保持工作与生态建设，为黄河中游泥沙治理作出巨大贡献。我们要学习朱显谟院士身上这种坚持不懈的韧劲和不畏艰难的精神，尽自己的力量，投身到生态保护的行动中去。悠悠河水，碧波荡漾，两岸绿树摇曳生姿，这是我梦中黄河的模样。

不负黄河不负美，让"制度战线"坚不可摧、"治理步伐"铿锵有力。我们要重视生态文明建设，明确"节水优先、空间均衡、系统治理、两手发力"的治水思路，严格落实区域问责制，完善并落实《中华人民共和国黄河保护法》，为黄河全流域保护和高质量发展提供坚实的法治屏障。不断推动生态环保领域的良法善法建设，也是全面推进国家"江河战略"法治化的一项重要实践。

长风破浪会有时，直挂云帆济沧海。作为新时代的青少年，我们要从身边的小事做起，将"美丽中国"概念内化于心、外化于行，从小溪小河到大海长河，让每一滴水都干净清澈；从神州大地到身边角落，让每寸土地都整洁美丽。为生态保护建言献策，并通过自己的实际行动，久久为功，不断为生态环境保护贡献自己的力量。

人不负黄河，黄河定不负人。从现在开始，留住黄河美。让黄河的九曲浩荡浇灌我们的恒心，让黄河的汹涌澎湃化作我们的胸怀。相信在我们的共同努力下，"美丽中国"这棵大树定会更加枝繁叶茂，结出更为丰硕的果实。

（指导教师：王泽平）

杨柳沐春风　心中起飞鸿

付钰雯

清晨点点霞光透过薄雾，唤醒家乡滕州的古城老街。漫步在文化古城的街头巷尾，听着婉转的鸟鸣，任微风拂过衣袖，经过那垂落下浓绿发丝的排排杨柳……桥下的潺潺流水正在谱写欢快的乐曲，水底光滑的细石也在曦光下顽皮地眨眼……

置身这幅山水美景长卷之中，我不禁慨叹："小城春风几时归？不觉柳绿燕已回。"在这个芳菲花韵满滕城的时节，从书本中挣脱出来的我真切感受到今年的天更蓝、风更柔、水更绿、景更美了，这些变化也更加印证了习近平爷爷的那句"人不负青山，青山定不负人"。有很长一段时间，人们认为人类是万物的主宰，因此对自然进行无节制的开发，但现实却警示我们，只有参透"取之有度，用之有节"这人与自然和谐共生的生态文明思想的真谛，才能实现青山绿水长存、"金山银山"永在的美好图景。

并育而不相害，并行而不相悖

"登东山而小鲁，登泰山而小天下。"我的思绪随着朝阳飘飞到那五岳之尊的山巅。瞧，在阳光的普照下，葱郁的绿色为群山披上了一层斑斓的细纱，昔日的荒山野岭，如今已成为"金山银山"。勤劳的人们通过改善环境，走上了一条生态美、产业兴、百姓富的共赢之路。

在我脚下这片人才辈出的土地上，午后的阳光透过交错缠绕的树枝投射出斑驳的树影，将我的思绪拉回。庄子的那句"天地与我并生，而万物与我为一"不正是一语道破了人与自然和谐共存的天机吗？

纸上得来终觉浅，绝知此事要躬行

在当今如火如荼的经济建设和发展过程中，人们更应该重视保护自然环境的价值与意义。作为成长在新时代的少年，我们要将环境保护落实到生命中的每一天。在春天，动手植树造林，呵护花草，为地球母亲缝制新衣；到夏天，我们来到河边，打捞垃圾，为地球母亲净化血液；至秋天，我们积极保护野生动物，呵护地球母亲的每一个孩子；于冬天，我们厉行资源节约，减少矿产及其他非可再生资源的浪费，减轻地球母亲的沉重负担。

愿我如星君如月，夜夜流光相皎洁

绿水青山就是金山银山。人不负青山，青山定不负人。相信在我们共同的努力下，我们定会建成"天蓝、地绿、山青、水净"的美好家园。到那时，青山常在，我就是那曲径边的青苔；绿水长流，我就是那康河中的柔波。我愿每日看绚烂的晚霞揉碎在蕴藻间，漫天的星斗倒映在波光里。我放歌，夏虫于林间伴奏；我驻足，春花在田间招手。我愿撑着一支篙，摇着橹，驶向那梦的远方……

（指导教师：钱小欣）

美丽黄河——我与生态文明共舞

白润泽

　　黄河，这条中国的母亲河，由雄浑的青藏高原起笔，几经顿笔转入苍茫的渤海，其间流过九个省份，孕育了许多独特的地理景观，滋长了无尽的"生命宝藏"。在山区，绿色森林覆盖了山峦，为众多野生动物提供了家园；在平原，绿油油的农田如同母亲宽广的胸怀，哺育着悠久的中华文明；在湿地，各种水生生物繁衍生息，涌现出生命的活力。这些生态系统不仅具有丰富的物种多样性，而且相互连接，编织成了一张复杂而美丽的生命网络。

　　然而，近年来，黄河流域的生态环境面临着严峻的挑战。过度的开发和污染使黄河流域的生态系统遭到了破坏，生物多样性减少，许多珍稀物种甚至面临灭绝的危险。

　　在此危难之际，习近平生态文明思想为我们照亮了前行的道路。其中，"绿水青山就是金山银山"的理念流传甚广、深入人心，它不仅是一种理念，更是一种生活态度，是一种对待自然环境的责任感。通过学习习近平生态文明思想，我意识到保护环境不仅仅是成年人的责任，也同样是我们青少年应该承担的重任。因此，我们要用实际行动，践行习近平生态文明思想，为保护我们赖以生存的地球家园贡献自己的力量。

　　比如在家庭生活中，我们可以坚持节约用水、用电，减少塑料袋的使用，妥善做好垃圾分类。在学校，同学们可以在老师的带领下一起创建绿色校园，积极参加学校举办的环保知识讲座，增强对环保的认识。在社区，可以参与志愿服务活动，帮助清理社区垃圾，维护公共绿地的清洁。

习近平总书记曾经强调："每个人都是生态环境的保护者、建设者、受益者，没有哪个人是旁观者、局外人、批评家，谁也不能只说不做、置身事外。"作为青少年，我们拥有巨大的潜力，承担着重大的责任，是国家的未来，是生态文明建设的希望。青少年时期是形成正确生态观念的关键期，我们要接过时代的接力棒，积极传播习近平生态文明思想，引导更多的人参与到生态保护中来。

展望未来，我希望看到的黄河流域，有一片绿色的河畔，有一条清澈的大河，是一个生机勃勃的生态系统。我希望看到的美丽中国，是蓝天白云下的绿色故乡，是欢声笑语中的幸福家园，是人与自然和谐相处的美丽画卷。让我们携手并进，化作黄河激荡奔涌的浪花，汇成一代人的浪潮，奔向美好的明天。

（指导教师：马文萍）

望中华山河锦绣 赴百年强国之梦

郑羽彤

碧波荡漾，波光粼粼，那是河流最纯净的底色；郁郁葱葱，绿树成荫，那是森林最纯粹的色彩；鸟语花香，燕语莺声，那是大自然最美妙的声音。望着祖国的大好河山，我陷入深思之中……

"绿水青山就是金山银山"

从风沙飞扬到金风送暖，从沙漠戈壁到绿色屏障，从干旱荒凉到生机盎然，60多年来，一代又一代塞罕坝人接续奋斗，用热血与青春，把曾经寸草不生的荒原变成了如今郁郁葱葱的林海。习近平总书记踏上这片土地时感慨万千，对塞罕坝精神作出了高度概括：牢记使命、艰苦创业、绿色发展。塞罕坝精神彰显着绿色发展的重要意义，为我国走绿色发展之路提供了强大的精神力量。在塞罕坝精神的引领下，塞罕坝创造了从一棵树到百万亩林的奇迹。

"黄河是我们的母亲河，保护是前提，要有始有终、锲而不舍抓好黄河生态保护工作"

黄河之水天上来，在黄河水的滋养中，中华民族形成了最初的模样。黄河是我们的母亲河，是我们赖以生存的摇篮，哺育了千千万万的中华儿女。但是，黄河的生态问题随着人们的生产发展而日渐突出：湿地退化，水土流失……黄河流域的人们以黄河而生，因黄河而存，不忍看到母亲河现在的模样。于是，黄河流域各省坚持把保护黄河流域生态作为谋划发展、推动高质量发展的基准线。黄河之水在中国人民的保护下，正变得越来越清，逐渐有了曾经的模样。

"推动绿色发展，促进人与自然和谐共生"

曾经我们为了谋求发展，不惜一切代价；后来才明白，只有推动高质量发展才能成就更好的未来！随着高质量发展号角声的响起，雄安新区落户在了华北平原，从此，一段高瞻远瞩的时代长歌激扬奏响，白洋淀流水淙淙为它唱和，低碳绿色成为雄安新区建设的主旋律，清洁能源为雄安新区的发展奏响强音。

湛蓝的天空铭记一代代人的初心，肥沃的土地不负一代代人的汗水，茂盛的树木镌刻一代代人的使命。时代的接力棒已传递到我们手中。牢记习近平总书记的殷殷嘱托，贯彻落实绿色发展理念，是时代对我们的考验。从日常生活做起，从小事做起，践行绿色低碳生活理念，养成勤俭节约的习惯。让江山更绿，让江河更清，让自然更美，将是我们报以时代的回答。

自然是人类的家园，人类离不开自然。余晖散落，我恍惚过来，再度望向中华的壮丽河山，绿意盎然的气息扑面而来，绿色之梦早已飞向蓝天，愈飞愈远……

（指导教师：张瑶）

落笔青山处　愿绘千里图

——让青春在生态文明建设的火热实践中绽放绚丽之花

戴晨雨

老子曰："人法地，地法天，天法道，道法自然。"自古时起，中华民族便追求人与自然的和谐共生，天人合一、道法自然的生态哲学思想在中华大地绵延，历经千年而不褪色。大浪淘沙，生态文明思想的萌芽在一代代文人墨客的笔下生长：它是陶潜"采菊东篱下，悠然见南山"的田园牧歌，是王摩诘"明月松间照，清泉石上流"的雨后初霁，亦是秦少游"莺儿啼，燕儿舞，蝶儿忙"的和谐共生。古人留下了诸多徜徉自然、寄情山水的千古名篇，绘就了一幅幅人与自然和谐共生的生态画卷。

生逢盛世，当不负盛世。作为新时代青年，我们肩负着实现中华民族伟大复兴的重任，理应以强烈的责任感和使命感做生态文明的实践者和推动者，传承生态文明，续写生态新篇。

传承生态文明，描绘山水宏图

近年来，榆林完成了从"不毛之地"到"人造绿洲"的惊人蝶变；祁连山实现了从"千疮百孔"到"满山苍绿"的生态巨变；汾河流域全力治污，重现了"汾河晚渡"的绚丽美景……我国的生态文明建设取得了举世瞩目的成就。但巨变从不是一蹴而就的，需要我们耐着性子、俯下身子，从身边的每件小事做起，锲而不舍，久久为功。无论是绿色低碳出行、落实垃圾分类，还是践行"光盘行动"、节水节电节能……我们能做的其实很多，点滴行动就能为生态文明建设贡献青春力量。生态环境没有替代品，用之不觉，失之难存。只有从我做起，从现在做起，从身边做起，才能传承生态文明，实现永续发展。

高举生态旗帜，传播环保理念

随着国家生态文明建设的深入推进，"绿色低碳""美丽宜居""生态保护"等关键词日益成为社会新风尚。社会各界共同参与、共同建设、共同享有，加快构建生态文明建设全民行动体系，为守护祖国的绿水青山汇聚起磅礴力量。我们作为新时代青年，可以参加生态文明青年志愿服务活动，积极向社会各界传播爱护环境、节能减排和绿色发展等环保理念；可以深入践行绿色校园理念，从日常做起，助力打造集欣赏性、知识性、科技性、教育性为一体的绿色校园；可以参与全国低碳日、全国节能宣传周活动，号召动员身边人增强生态意识，以实际行动保护环境，让青山常在、绿水长流、空气常新。

讲好中国故事，续写生态新篇

纪录片《江豚归来》聚焦江豚的生存、繁衍、迁徙，引发了人们对自然保护和生态文明的思考，也向世界展示了人类与自然和谐相处的"中国故事"。这启示我们，在呵护生态文明种子的同时，也要努力做中国生态文明故事的讲述者、传播者。当代青年，生逢其时，在努力学习、脚踏实地的同时，也要积极宣传，认真领会生态文明的深刻内涵；利用传播新平台，探索传播新方式，通过图文、短视频、纪录片等形式，用小切口反映生态文明，用小故事记录中国式现代化，向国际社会展示生态文明建设中的"中国方案""中国智慧""中国力量"。

走进新时代，习近平总书记在阐述生态与文明的关系时指出："生态兴则文明兴，生态衰则文明衰"。党的二十大报告也明确提出，人与自然和谐共生是中国式现代化的重要特征。历史的车轮滚滚向前，新的内涵被赋予其中，人与自然和谐共生的画卷在新时代绽放出更加璀璨的光芒。

生逢盛世负重任，生态文明扛在肩。新时代青年要让青春在生态文明建设的火热实践中绽放绚丽之花，在全面建设社会主义现代化国家新征程中书写青春新篇章！

（指导教师：杨晓丽）

千里江山，任你我共绘青绿

李佳秀

绿水青山就是金山银山，一花一草皆生命，一枝一叶总关情。在这灵动的绿水青山中，有你有我。

冬雪常见，但你见过《红楼梦》中可以烹茶的雪吗？青山常见，但你见过《千里江山图》中绵延不绝的青山吗？流水常见，但你见过《小石潭记》中让鱼儿皆若空游无所依的水吗？倘若你都未曾一见，也不要灰心，就从此刻做起，保护环境，这万里芳华总有机会可以见到。

美丽中国的实现要依靠人民来践行。近年来，德州人民深入学习贯彻习近平生态文明思想，着力推动构建生态环境治理全民行动体系，打造了"花园社区""美丽乡村""美丽庭院"等特色典型名片。洗菜的水可以留下来浇花冲厕所、办公废纸可以用来折成纸盒……经过多年实践，节约适度、绿色低碳、文明健康的生活方式和消费观念已融入德州人的日常生活，生态文明理念已深入人心。

美丽中国的实现在于积极担当。随着我国经济的不断发展，人均自然资源日益缩减、人均耕地面积减少、环境承载力减弱等环境问题逐渐凸显出来。俗话说"根深方能叶茂"。保护环境要从基层做起，从每个人做起。"用之不觉，失之难存"，生态环境一旦被破坏，恢复起来要付出成倍的努力。如何保护好生态环境是一道重要的"必答题"，而不是一道可有可无的"选做题"。人民是环境创造的主体，是环境改善的直接受益者，清洁的生态人居环境既能提高人民群众的生活质量，又可以提高人民群众的健康水平，因此，环境的改善和保护需要紧紧依靠人民，需要我们最大程度参与基层环境治理的实践，在绿水青山中践行我们的责任担当。把保护资源环境的观念内化于心，镌刻入骨，将自觉保护环境当作自己的行为规范，如此，我们离美丽中国还远吗？

美丽中国的实现在于自觉遵守。2023年六五环境日国家主场活动发布了《公民生态环境行为规范十条》，提出了关爱生态环境、节约能源资源、践行绿色消费、选择低碳出行、分类投放垃圾、减少污染产生、呵护自然生态、参加环保实践、参与环境监督、共建美丽中国等十条规范。这些规范将逐渐成为我们生活中不可或缺的一部分，骑行、闲置物品交换等环保活动成为越来越多年轻人的选择。如果我们积极落实保护环境的行动，那么，我们和美丽中国的距离还远吗？

美丽中国的实现在于坚定捍卫。凌晨四点多，在万物沉睡的时候，环卫工人已开始一天的工作，不管寒冬还是酷暑，他们忙碌的身影在我们的生活中永不缺席。在真正的绿色城市背后，正是一批兢兢业业的捍卫者，守护着我们城市的清洁美丽。如果我们将对资源环境的保护作为责任与义务，让保护资源环境的可持续性得到充分保障，那么，美丽中国就在眼前。

如今，你去看，黄河"几字弯"顶部的乌梁素海已是湖光山色，"三北"防护林已是"绿色长城"，黄沙漫天的西北已是梯田风光……人们内心泛着自豪，脸上绽放光彩，嘴角洋溢微笑。面对已取得的成绩，我们非但不能驻足不前，更应有"如曰今日当一切不事事，守前所为而已，则非某之所敢知"的觉悟，为美丽中国的建设添砖加瓦。

跋山涉水，步履不停，山高水长，映照初心。让我们一起成为美丽中国的积极担当者、忠实崇尚者、自觉遵守者、坚定捍卫者。千里江山，因你我更青绿。让我们在习近平生态文明思想的指引下久久为功、善作善成，共同为建设美丽中国而不懈奋斗！

（指导教师：张海燕）

向绿而行！以青年之名

衣星悦

"林间松韵，石上泉声；草际烟光，水心云影。"林间光影斑驳，虫鸣婉转，石潭见底，碧草十里。这是"天上宫阙"，是"世外桃源"，是我们每一个人殷殷盼望着的"绿色中国"。

但当珠峰不见了徒步五个小时的冰路，当南极洲渐渐难寻鲸鱼和企鹅的踪影，当钢筋水泥筑成"钢铁森林"，当澳洲森林火灾等一系列自然灾害频频降临，我们幡然醒悟：人虽是万物的尺度，但万物同样可以让人破碎。

其实，生态环境与我们息息相关。早在几千年前，先贤便与之结下了"深厚的友谊"。"子钓而不纲，弋不射宿"，孔子此举，体现的是"取物以节"的思想；"竭泽而渔，岂不获得？而明年无鱼"也表达了取之以时、取之有度的思想。不捕鱼苗，不抓雏鸟，看似放生，实则谋生。竭泽而渔，岂不获得？看似谋利，实为断财。念兹在兹的，是关乎绿水青山的生态账本；筹谋擘画的，是中华民族永续发展的根本大计。人因自然生而生，随自然灭而灭。中华文明五千年传承，其中，保护自然、生生不息、"天人合一"、"道法自然"的理念，源远流长，历久弥新。

人不负青山，青山定不负人。当绿色发展成为常态，当"向绿而行"根植在人民心中，当绿色消费成为新风尚，这不仅是对生态的救赎，更是一个发展中国家着眼长远利益的责任担当！当下，"国潮热"几度兴起，中华优秀传统文化激发高涨的民族自信心，新时代青年秉持"向绿而行"理念，亦能将"中国绿"传扬世界。

党的十八大以来，无数科研新人、播绿人，从霓虹花丛中转身，到风疏雨骤中站定。他们以勇往直前的精神，走过黄沙漫道，走过死亡之海，来到绿意盎然的毛乌素沙漠，来到鸟鸣悠扬的云南洱海，以尺寸之功，积千秋之利。"两山"理念、"双碳"目标、电动汽车、以竹代塑……俯瞰今日之中国，"中国绿"已经成为"中国红"最美的标示牌。但"中国绿"的弘扬不能只靠他、靠他们，同样希冀于新时代的我们，要去做"向绿而行"的行路人，打赢中国绿色保卫战，为地球的绿色版图增添一抹鲜亮的"中国绿"！

身为"向绿而行"的行路人，怎能置"废寝忘食"的走廊廊灯、"两鬓如霜"的绿地于不顾？身为"向绿而行"的弘扬者，怎能闻高能耗高消费而不问？回归心灵和精神的琼楼玉宇，做"岁月流芳"的孙国庆吧，用一把扫帚书写"马路情缘"；做"民间守护神"张正祥吧，让危害滇池的宵小胆寒；做"乐和使者"廖晓义吧，自费拍摄《地球的女儿》，传播"地球村"背后的故事。正如鲁迅所言："我们从古以来，就有埋头苦干的人，有拼命硬干的人，有为民请命的人，有舍身求法的人……这就是中国的脊梁。"

我辈青年，当以"功成不必在我，功成必定有我"的姿态立于山巅，与日月星辰对话，与江河湖海畅谈。我辈青年，当坚信"山有顶峰，湖有彼岸"，以"仰喷三山雪，横吞百川水"的气魄，冲锋于绿色保卫战！"绿色中国"的故事不会终止，"向绿而行"的理念未完待续。

向绿而行！以青年之名！

（指导教师：张海霞）

关注海洋生态 守望蔚蓝家园

庄子墨

党的二十大报告指出，中国式现代化是人与自然和谐共生的现代化。中国是海洋大国，拥有漫长的海岸线、广袤的管辖海域和丰富的海洋资源，海洋关系民族生存发展，关乎国家兴衰安危。我的家乡日照，因"日出初光先照"而得名，以"蓝天、碧海、金沙滩"而闻名。海洋，是这座城市的灵魂。与海为伴，与海为善。我们在尽情享受阳光、沙滩、海水、海风无私馈赠的同时，也不要忘记当前海洋生态环境依然脆弱的现实，海洋垃圾、海洋酸化、海平面上升等问题带来的影响已经越来越严重，我们应当像保护眼睛一样保护我们的家园。

保护海洋生态环境，为守望蔚蓝家园"填充底色"。"环境就是民生。"习近平生态文明思想把生态文明建设作为"五位一体"总体布局的重要组成部分，把绿色发展作为新发展理念的重要组成部分，把"美丽"与"富强、民主、文明、和谐"一道作为到21世纪中叶建成社会主义现代化强国的重要目标等，这一系列顶层设计，充分彰显了人民至上的深厚情怀，科学指明了实现中华民族永续发展的必由之路。习近平总书记有着深厚的"海洋情怀"，进入新时代以来，他多次在讲话中强调加强海洋生态文明建设是生态文明建设的重要组成部分，要进一步关心海洋、认识海洋、经略海洋，建设海洋强国。

坚持海洋绿色发展，为守望蔚蓝家园"做足成色"。保护海洋生态系统，人与自然和谐共生。日照市严格落实"湾长制"陆源污染精准治理，实现了"市、区、乡、村"四级湾长全覆盖，通过生态修复、山海联动、退养还海、防护林修复等举措，实现还海于民、还滩于民、还生态于民，给广大市民和游客一个靓丽的阳光海岸。

践行海洋双碳生活，为守望蔚蓝家园"增添亮色"。良好生态环境是最无私的公共财富，人人都是受益者，人人也都应该是参与者。作为新时代青少年的我们，应投身保护海洋生态环境的活动中，以实际行动践行海洋生态环保理念，做生态文明建设的实践者、推动者。有选择性地吃海鲜，拒绝食用稀有的海鲜品类；少用塑料制品，自己带水杯而少喝瓶装水，使用能重复使用的袋子，把循环利用融入我们的生活；保护海岸，离开海滩前及时清理产生的垃圾，游玩时不要惊扰海滩生物，不要破坏珊瑚等海洋生态。当然，我们能做的还远不止这些，相信每一位海洋人都会尽自己所能，为海洋保护作出贡献。

"我们人类居住的这个蓝色星球，不是被海洋分割成了各个孤岛，而是被海洋连结成了命运共同体，各国人民安危与共。"泰山不让土壤，故能成其大；河海不择细流，故能就其深。个人的一小步，汇聚成迈向美丽中国的一大步。绵绵用力，久久为功，让我们携起手来共同努力，让"水清滩净、鱼鸥翔集、人海和谐"成为我们家园的常态。

（指导教师：刘树青）

俯身绘丹青中国　仰首续中华文脉

彭慧桢

你见过什么样的中国？是 960 万平方公里的辽阔，还是 300 万平方公里的澎湃？是四季轮转的天地，还是冰与火演奏的乐章？是我们足踏的沃野千里，还是悬挂在我们头顶的日月新天？作为肩负时代重任的新青年，应以舍我其谁的精神，为这丹青中国的海晏河清与中华文脉的源远流长，奉献自我，踔厉奋发，笃行不息。

丹青是绿水青山，文脉是"满江红花似锦绣"，青年是手持管城子的践行者

美丽中国，美于外在，亦美在内涵。青山绿水是其"皮肤"，是世人第一眼捕捉的美；薪火相传的文化为其"筋骨"，是中华民族的血脉和灵魂。美丽中国是我们的家园，青年就是建设美丽中国的行动者。时代风云变幻，而发展中的中国前程似锦，吾辈青年理应困知勉行、激流勇进，为中华民族伟大复兴添砖加瓦。

描摹丹青为必须，赓续文脉亦为必须，这是青年义不容辞的职责

吾辈因何要为建设美丽中国而不懈奋斗？因为我们脚下的这片土地，是我们的家园，是我们的根。于人世间，这片土地最为无私，我们给她一把草种，她会还给我们广袤的草原。因为爱她，鲁迅先生怒其不争，沈从文先生终身迷恋，艾青因她眼含泪水，无数

25

仁人志士因为爱她而抛头颅、洒热血。我们为她奉献，同样因为我们爱她爱得深沉。

吾辈为何要从"绘丹青中国"入手，建设清洁绿色的美丽中国？因为这件事利在当代，功在千秋。贾谊有言："生之有时而用之亡度，则物力必屈。"现实让我们深刻认识到了这一点，从数年前的"北京雾霾""河南污水灌溉农田""河北钢铁公司大气污染"，到近些年的"塞罕坝绿色长城""太湖腾笼换鸟"，绿色发展正在一步步前进。管子说："草木植成，国之富也。"习近平总书记多年前提出的"绿水青山就是金山银山"的理念具有深远意义，需要吾辈青年继续践行。

行动起来，青年是建设美丽中国的行动者

"我们从古以来，就有埋头苦干的人，有拼命硬干的人，有为民请命的人，有舍身求法的人……这就是中国的脊梁。"鲁迅先生的肺腑之慨，也正是催发当代青年奋进的激昂乐章。

我们要学习"人民楷模"王有德用30年时间让沙漠变绿洲的坚韧不拔的精神，学习"80后"青年环保专家潘旭方深耕环保产业20年坚持不懈的精神，守好眼前的"绿"和"蓝"……"大风泱泱，大潮滂滂。"青年们，我们是建设美丽中国的行动者，是丹青中国的持笔者，是中华文脉的蕴养者和传承者，是挺起未来中华脊梁的强大力量，吾辈应当让碧海蓝天永存于祖国的疆域之内，让中华文化的长河奔流不息。

（指导教师：谭园园）

道阻且长 行则将至

郭广美

建设美丽中国，推进绿色发展，实现中国的绿色崛起，作为新时代青年的我们义不容辞。纵然道阻且长，然而行则将至。

青史悠悠，溯生态文明之源，往昔先哲流芳千古。老子说："人法地，地法天，天法道，道法自然。"庄子说："天地与我并生，而万物与我为一。""天人合一"思想阐述了天、地、人如何相处的问题，表达出顺应自然的重要性。《荀子》言："万物各得其和以生，各得其养以成"。《论语》中孔子讲"钓而不纲，弋不射宿"，孔夫子这样做是在告诉人们要对动物心存仁爱，不可滥捕滥杀，实现万物和谐共存。先贤们提出的尊重、爱护自然的思想，从古至今深深影响着人们的生态观。

征途漫漫，立生态文明之心，今朝每个人应有所作为

微微星光，点亮星河，建设美丽中国，推进绿色发展，形成于一点一滴的行动中。云南亚洲象成为世界级"网红"的背后是当地政府和人民群众积极践行习近平生态文明思想，是人与野生动物的和谐相处之道。闫家河坚持造林绿化和林业有害生物监测、防治、研究30余载，被誉为一生守护生态安全的"森林医生"。40多年来，八步沙林场"六老汉"三代人勇挑重担，截至2023年7月，

完成治沙造林 28.7 万亩、管护封沙育林草面积 43 万亩，使周边农田得到保护，为生态建设作出了突出贡献。人民群众积极响应习近平生态文明思想，贯彻新发展理念，为建设绿色中国而努力奋斗。

未来昭昭，续生态文明之志，新时代青年当不忘初心

生态兴则文明兴。作为新时代的青年人，我们要有一分热，发一分光。河北塞罕坝林场的年轻人说，外面的世界"太热了"，他们宁愿选择造林种树。他们可能错过了精彩的大千世界，但一望无际的林海，却彰显出他们的成功。昔日黄沙漫天、尘土飞扬的青海湖如今已是远山如黛，碧水蓝天，草原上牛羊成群，天空中飞鸟翱翔……十年时间，青海湖的完美蜕变，正是在无数工作者滴滴汗水的浇灌下实现的。今朝青年努力奉献于祖国的生态文明建设的样子，便是青春最好的模样。

（指导教师：李倩）

变化篇
望山看水有乡愁

🌿 湖水叮咚，是绕梁不绝的生态文明之歌；柳梢轻颤，是清风应和的爽籁，天地回荡着绿色生态的动人乐章。

🌿 十里柳岸堤照红，一泓清水入黄河。从五柳闸望去，满眼都是小清河的绿意盎然。几年前的小清河还是人人避之不及的"小黑河"，如今这里早已是花的世界、树的海洋。

🌿 看家乡变化，我深切感知了我国全方位、全地域、全过程的生态环境保护，创造的举世瞩目的生态奇迹和绿色发展奇迹。看家乡变化，我深切感悟了转变发展方式，坚持绿色发展，走生产发展、生活富裕、生态良好的文明发展道路，是我们的必然选择。

🌿 树的记录，就是最忠实、最绿色的记录。

石河的孩子

仲建宇

正值午后，天却仿佛打翻了的浓墨。乌云翻滚着，风簌簌吹打着树叶。细密的雨丝中，一辆小汽车射出橙黄的灯光，沿着蜿蜒的乡间小路快速地行驶。

十年之前，男人站在一条河边，出神地望着河水。河边有一所幼儿园，散学了，孩子们的欢声笑语打破了沉寂。一个脸蛋儿红扑扑、眼眸纯净的孩子正站在岸上望着他笑。他抱住迎面跑来的孩子，孩子望着他，可他仍表情凝重地看着那河水，死寂的水面上浮着一层色彩斑斓的油渍。孩子看呆了，他打断沉思着的男人，"这个老师好像说过！""老师还讲这个？"男人回过神，诧异地问道。"嗯，是彩虹吧？"这个五六岁的孩子仰起小脸，问眼前的男人。"彩虹……"男人的心颤了一下，似乎在喃喃自语。灰暗的天空下，他看见孩子纯净明亮的眼眸中，映射出河水上那魔幻的妖艳的色彩……孩子望着河，他却看着孩子。

他看着孩子，愈发觉得刻不容缓了。

那条河叫石河，河边的村叫石河村。十年之前的石河村，乘着致富的浪潮，利用地处省道、国道交汇处的优越位置，建起了沿河几里长的大汽修厂。往来车辆川流不息，钱财也因此源源不断地流进了村民的腰包。然而，好景不长，汽修厂产生的废油和油渣不知何时从黑色大管子里涌进了石河。堆沉在河底的油渣，慢慢浸出妖艳的油渍，仿佛是魔鬼的爪牙，悄悄吞噬了绿油油的水草。水质差了，鱼虾死了。流动了不知是几百还是几千年的石河，哺育了世世代代不知多少人的石河，就要枯竭了。

十年之前石河边的那个孩子就是我，男人是我的父亲，也是石河村的一个干部。那天他看着将那斑斓油渍唤作彩虹的我，忽然意识到他不只是在救水，也是在救石河的孩子。为此他走街串巷，先到石河边的汽修厂去拜访"老板们"，说明向河内倾倒油渣、排放废水的危害，然后挨家挨户地向村民宣传保护石河的重要性。开始他换来的是不理解和冷嘲热讽，但在他坚持不懈的宣传下，慢慢也有人加入了他的队伍。最先加入的是在学校支教的女教师们。石河村幼儿园的家长会上，汽修厂的企业家们为了自己的子女齐聚一室，他们如往常一样大声夸谈自己工厂的效益与利润，脸上满是神气，但当在女教师为他们播放的幻灯片上蓦然看到他们无精打采的孩子后，他们变得默不作声。

我也是石河的孩子，彩虹是我童年的隐痛。

跟随父亲在石河村的那些年，随着石河的环境逐渐向好，我的童年也一去不复返了。听说，汽修厂的油渣被集中运走处理，而且现在回收处理的技术升级，大大降低了处理的成本，石河边的老板们也不再将废水排入河里了。

我家离开石河好些年了，今天要回去看看。

在熟悉的石河边，小汽车稳稳地停下。一个脸蛋红扑扑，眼眸纯净的孩子从车上跳下，那不是我了，是我的弟弟。我牵住弟弟的小手，站在石河边。此时刚下完雨，水涨上来漫过了河滩。雨后的石河村清新通透、红瓦白墙，新房屋、小公园都掩映在杨柳摇曳的舞姿里。

弟弟忽然叫道："彩虹！"我的心颤动了一下，竟下意识低头去看那石河，河水清波荡漾。弟弟咯咯地笑了，嚷嚷着让我抬头看天。我没有看天，而是端详着弟弟，在那纯净的眼眸中，我看到了童年梦里的彩虹。

谨以此文祝愿：今天的孩子们，彩虹常伴！

（指导教师：厉霞）

我和小溪流的对话

段亮宇

爷爷家门前有一条调皮的小溪流，他像给我施了魔法，令我对他魂牵梦绕，心向往之。蹲在水边，用精心挑选的小石头打水漂，我会听到他按下优美的琴键，叮咚——叮咚；站在水中，用双脚轻轻触摸鹅卵石，我会听见他发出爽朗的笑声，哗哗——哗哗。

这一天，我正望着在水草里钻进钻出的小鱼发呆，调皮的小溪流竟然开口说话了："嗨！小宇，你好啊，我认得你爸爸！"

我四下张望，发现周围空无一人，正在纳闷谁在和我打招呼呢，他又接着说："我跟你说话呢，为什么不搭理我？"这句话我可听得千真万确，于是我瞪大双眼，在溪边来回寻找。

"你不用找了，我就是你脚下的小溪流啊！"他着急地解释道。"啊！"我惊讶地说，"你咋能说话呢？"

他一本正经地说："我咋就不能说话啊，自然万物都是有生命的，你看，河床是我健壮的躯干，溪水是我流动的血液，水草是我碧绿的头发，鱼虾是我游动的眼睛。"

"那好吧，你刚才说你认得我爸爸，你能讲讲你与我爸爸之间的故事吗？"

哗哗声里，动人的故事开始了。"你的爸爸和你这么大时也经常来找我玩，他陪他妈妈来溪边洗菜、洗衣服，和小伙伴们抓鱼摸虾。记得那是一个炎热的夏夜，皎洁的月光在水面上镀了一层银

33

辉，你爸爸和他的伙伴们趁着月色，偷摸跑到我的身边，像一只只热坏了的小鸭子，光溜溜地排好队，一个接一个地跳进我的怀里。他们在水里上下翻滚，嬉戏打闹，连树上沉睡的知了都被他们惊醒了，不停地唱起歌来，那可真是一个令人难忘的夜晚！"

"那后来呢？你快说说！快说说！"我迫不及待地追问道。

"后来很长一段时间，我生病了。不知从何时起，人们开始在我身边搅拌农药，还把药桶直接放在水里清洗，药瓶随意扔在我身上，我的血液被污染，我的眼睛被毒瞎。更令我难以忍受的是连日轰鸣的抽沙机，几乎掏空了我的躯干，成堆的塑料使我一夜白头。我佝偻着身躯，浑身散发着恶臭，羊群不再来喝水，人们不再来洗衣服，连小朋友们都对我敬而远之了。"小溪潸然泪下。

我也难过地低下了头："小溪啊，别难过，你看你现在不是已经恢复健康了吗？"

"是啊，'绿水青山就是金山银山'，你们的习爷爷一句话挽救了我的生命，也让我们有缘在此相识、相知。你可一定要谨记习爷爷的嘱托，守好家乡这一方碧水蓝天啊！"

"小溪流我记住了，你别走！你别走！"我向前去拉他的手，却突然被一双粗糙有力的手抓住了。"小宇，你醒了，刚才我看见你在小溪里下的地笼钻进了好多鱼，爷爷带你去收网吧！"我闻言便一股脑儿地从床上爬起来，朝小溪飞奔而去！

（指导教师：孟汶）

青绿之间　代代相传

姜皓腾

儿童节后的这个周末，我终于又一次回到我的老家。严格地讲，是爸爸的老家。不过，爸爸的老家，当然也是我的老家啦！

我打小在城里长大，对汶阳老家并没有多少记忆，但不知道为什么，总感觉老家有着很多钢筋水泥搭建的城市所没有的东西。

爸爸开着他的新能源汽车，载着我和妈妈，沿着潮汶路在一片片茂密的绿叶投下的阴影中穿行。电动的马达足够静谧，掠过我耳畔的只有风声。

"爸，你说，上次爷爷带我们去看的那座大坝修好了没？"我这没头没脑的话把正聚精会神盯着红绿灯的老爸吓了一跳。

"嗯……那座大坝……"爸爸好像被我的话拉进了回忆，以至于绿灯都亮起好几秒了，他都没注意到。

"集中精力开车！"还是老妈厉害，一句话就把老爸拉回了现实，"到家后，我跟咱妈做饭，你跟爸带着儿子再去看看呗。"

"嗯，好。"

就这样，三十分钟后，一老一中一少三代人就站在了汶河边上，眼前正是响着隆隆机器声的"大汶河砖舍拦河闸工程"施工现场。

我们爷仨并排站着，没人说话，各自想着心事。爷爷的头发虽然已经全白，但早年的打工与晚年的农耕生活，练就了爷爷硬朗的身体。反倒是刚刚步入中年的老爸，整天有黑眼圈，顶着不知何时被时光染得斑白的头发，被这岸边风一吹，又开始咳嗽个不停。

"腾腾呀，你知道吗？"爷爷率先打开了话匣子，"爷爷像你这么大的时候，这汶河里的水呀，很大！一到雨季的时候，这水就能涨到那边的河堤根上去。咱们这一带好几个公社的人，干了近两个年头，才在这大汶河上架起一座拦河坝，汛期开闸放水、旱季蓄水浇田……咱们站的这地方，原来是一大片苹果园，这沙地里结出的苹果，那叫一个甜！河里的水也清，你爸爸小时候最喜欢让我带他来这儿，看人撒网捕鱼……"

"是啊，爸。我记得，我小时候还喝过这里的水，那水是咸的，带点儿甜！"听到老爸的话，我惊掉了下巴！难以想象，如此斯文的老爸能直接喝这河里的水？

"那时候，我还没腾腾现在这么大呢！自己一个人不敢下水，但经常约上小伙伴去拦河坝跟前的礁石堆里抓螃蟹！那时候也不知道哪来的力气，好大的石头都能被我们翻过来。碰到实在搬不动的石头，就把手伸到石头下面去摸。有一次我手指头被螃蟹夹破了，疼得龇牙咧嘴，在这汶河水里把手掌泡得发白了才回家……"

听大人们讲过去的事，我觉得很有意思。我真担心这轰鸣的机器声会打断老爸的回忆。

"可惜啊，到我上高中那会儿，这汶河水就变了模样！"

"变成什么样子了？"我顿时紧张起来。

"清水变成了黑水，"爸爸的眉头紧锁，接着说，"有礁石的地方，激起的水花浮着灰色的泡沫，连空气都是臭的！石头缝里没了螃蟹，倒是能看到各种颜色的塑料袋。从那时候开始，一直到我大学毕业后好几年，我都没再来过这儿。"

为什么会这样？看着老爸难过的样子，我的心情也变得很沉重。

"这些都是过去的事情了！"许久没说话的爷爷接过了话茬，"后来，党和政府发现了汶河的污染问题，关停了上游的污染企业，规划了沿汶河文化旅游区。这汶河里的水啊，又清了，小鱼、小虾和螃蟹又回来啦！等这新拦河坝建成，不仅能防洪蓄水，还能带动咱这里的旅游业发展呢！到时候啊，你就约上你城里的同学，来这汶河边摸螃蟹……"

"不行呀，爷爷！老师说了，不能下水，要严防溺水，安全第一！"

"对对对！防溺水，安全第一。咱就在这汶河边上放风筝，看风景！看那片青山，左边的这座叫……"

这天晚上，我做了好多梦。我梦到，爷爷小时候，跟在公社的大人们身后，手里拿着甜甜的苹果；我梦到，爸爸小时候，被石头缝里的螃蟹夹破了手，疼得直哭；我梦到，一老一中一少三代人站在清清的汶水边，头发全白的我，指着左边的那座青山……

（指导教师：尹倩）

以行动之光　点绿色希望

吴梦琪

2005 年 8 月 15 日，时任浙江省委书记习近平在浙江安吉县余村调研时，首次提出"绿水青山就是金山银山"的科学论断。这句朴实又富含哲理的话，为中国如何处理经济和生态之间的关系指明了方向。党的二十大报告也明确指出："中国式现代化是人与自然和谐共生的现代化。"

人不负青山，青山定不负人

碧波荡漾，山峦叠翠，苍山洱海间，山水画卷徐徐展开。忆往昔，20 世纪 80 年代的洱海，水质急速下降，从贫营养状态转向富营养状态，曾两次暴发蓝藻，海中垃圾遍布，散发着刺鼻的气味。不少市民背井离乡，这里变成了山光、水浊、田瘦、人穷的贫困地区。为了从根本上解决水污染问题，大理州探索出一套从"一湖之治"到"流域之治"再到"生态之治"的模式，科学规划并实施截污治污、入湖河道综合治理、水资源统筹利用等措施。喜看今朝，洱海湖水清澈，波光粼粼。湖水叮咚，是绕梁不绝的生态文明之歌；柳梢轻颤，是清风应和的爽籁，天地间回荡着绿色生态的动人乐章。

若非一番大治理，哪得湖水清如许？习近平总书记指出要牢固树立绿水青山就是金山银山的理念，统筹山水林田湖草沙系统治理，打好蓝天、碧水、净土保卫战。当代青年要做绿水青山的践行者，为实现天更蓝、地更绿、水更清贡献绵薄之力。

关注生物多样性，与自然和谐共生

河湖港汉，鸟鸣声声，和谐之音在物种之间流转。曾经的北方内陆型湿地卧龙湖湿地，常年处于干旱状态，如何保护鸟类栖息地及湿地的生态水量安全，成为困扰当地多年的问题。湿地的鸟类种类和数量大幅度减少，生物多样性骤减，从"鸟语花香"沦为"枯卉朽株"。当地政府痛定思痛，蓄水防旱，调蓄洪水，通过分区管理水域与水位的模式，人工营造蓄水区及各类候鸟生存觅食栖息地，成功解决了缺水问题，保证了候鸟顺利迁徙。今天，我们环顾四周，远处群山苍翠、竹海连绵；侧耳细听，近旁草木掩映中溪水潺潺，一幅"鸟鸣花更幽"的唯美画卷。

领悟嘱托我先行，守护生物多样性。习近平总书记在推进保护生物多样性的历程中，带领我们将雄心转化为行动，将生态文明理念内化于心，外化于行。如今碧水迤逦，青山相向，人们抬头能看见蓝天白云、飞鸟盘旋，出门能看到绿草茵茵、林木繁盛，这样美丽的景象离不开你、我、他的共同努力，是从点滴之间汇聚的磅礴伟业。

梦寻美丽中国，情系低碳生活

冰层覆盖，银装素裹，南北极之间，气候发生显著变化。随着科技迅速发展，汽车、空调等事物进入人们的生活，方便人们生活的同时也对环境造成了污染。大量排放的汽车尾气，产生了过多二氧化碳，造成温室效应。南北两极发出危险信号，冰川融化导致海平面上升，危及沿海城市和国家。在习近平生态文明思想指引下，中国贯彻新发展理念，不断提高碳排放强度削减幅度，不断强化自主贡献目标，尽最大努力提高应对气候变化能力，推动经济社会发展绿色转型。在我国不懈努力下，气候治理略显成效，但仍是进行时。

"少年何妨梦摘星，敢挽桑弓射玉衡。"气候变化是全球性挑战，我们要努力实现"碳达峰，碳中和"，加快绿色低碳转型，实现绿色发展，共同构建合作共赢的全球治理体系。我辈青年应肩负保护气候之责，践行保护气候之任，为全球气候治理发出青年声音、贡献青年智慧。

功成不必在我，功成必定有我。不朽绿色篇章的书写，并非朝夕之功，而是我们终生奋斗乃至数代奋斗的结果。"绿水青山就是金山银山"的生态理念，需要当代之青年以实际行动去践行。以愚公移山之精神坚持不懈，攻坚克难；以塞罕坝之精神驰而不息，久久为功。建设生态文明，人人有责，亦人人可为！建设美丽中国，贵在行动，重在坚持！

（指导教师：陈文娟）

塑料瓶漂流记

王　瑧

　　嗨，大家好，自我介绍一下，我是一瓶可乐，是小朋友和大朋友喜欢喝的饮料。我的瓶身是塑料的，是用聚乙烯、聚丙烯等材料与各种有机溶剂混合制成，坚固耐用，不易腐蚀，为人类生活提供了很大便利。

　　今天，一位运动员大哥哥把我买走了，我激动极了！可是，大哥哥把我喝完就随手一扔，把我扔在了地上。"哎哟！"我叫了起来，我的屁股好疼啊，还没等我缓过来，我就被一阵风吹到了旁边的下水道里，在那里，我看见了我的许多同伴，果汁瓶、运动饮料瓶、矿泉水瓶……在我们的旁边，还有许多塑料袋，下水道臭臭的，小朋友们经过时，都捏着鼻子一边跑一边喊："好臭啊，好臭啊！"我伤心极了，上一秒我还是人人喜欢的可乐，现在却成了人们避之不及的垃圾，我大叫着："我不要在这里……"这时一辆垃圾清运车把我和我的同伴们一起送去了垃圾处理场。

　　在垃圾处理场，我遇到了资深"旅客"矿泉水瓶。他告诉我，他旅行到农田，因为塑料的难降解性导致土地板结、粮食减产；他旅行到小河里，看见一只只、一条条被困死在瓶子里的河虾鱼蟹；他还听说有人因为误食塑料颗粒而中毒住院……还没讲完，一阵大风吹过，我便不由自主地滚动起来。

　　我滚啊滚啊，滚到了一个工厂里，只见一个小姐姐捡起我来说："就差你了！"然后我就被粘在一面墙上，引来越来越多的人聚在我身边。

一个小朋友大声念着："绿水青山就是金山银山。"他拉了拉妈妈说："妈妈你看，这个可乐瓶就是'绿'字的一点，真是太好看了，是不是代表天天开心呢？"

妈妈笑着说："你说得太棒了，塑料垃圾就是放错的资源，我们日常要做好垃圾分类，减少污染，让天更蓝水更碧，我们的生活可不是天天开心吗？"

"我们老师也讲过垃圾分类，还告诉我们要爱护环境、保护地球，上周还带我们去了垃圾填埋场，日照市的碳汇环保工程已经让填埋场遍地开满了鲜花，成为网红打卡地呢！"小朋友高兴地说。

听到小朋友和妈妈的对话，我开心极了，我和我的同伴都找到了新家，一个不需要再漂泊的家，我们在工厂里找到了新的使命，变成一个个墨盒，一块块瓦片、地毯、地板……

（指导教师：张念萍）

期待第五张照片

陈佳乐

在我的相册里，珍藏着我与奶奶在我们村庄同一地点不同时期拍摄的四张照片。第一张是我刚满月时，奶奶抱着我，当时的大街是泥土路，还有许多老旧的土房子，柴草随意堆放，远处依稀可见一头耕牛，现在看来，让人感到村庄好落后；第二张是我三岁上幼儿园时，奶奶扶着自行车，我坐在自行车后的座椅上，此时，泥土路硬化成了水泥路，老旧的土房子变成了农村宜居的庭院，随意堆放的柴草和耕牛不见了，村容村貌有了很大提升；第三张是读小学一年级时，我背着书包站在奶奶身旁，此时，街旁多了几个垃圾桶，村庄道路两旁栽了许多花草树木，村庄"颜值"更高了；第四张是14岁光荣加入共青团时，我亲昵地搂着奶奶的脖子，原来的水泥路变成了平坦宽阔的柏油路，路边也安装上了整整齐齐的光伏路灯，墙上画着宣传党的二十大精神的图画，一幅乡村振兴的美好画面展现在眼前。我曾拿着这四张照片问奶奶："奶奶，您说从这四张照片中，能看出什么变化？"奶奶笑着说："我们村庄越来越美了，还有，你越来越高了，我越来越老了。"我说："我们村庄越来越美，奶奶也越老越美。"奶奶说："人居环境变好了，心情就会好啊！"

是啊，人居环境与人的生活质量息息相关。改善人居环境事关人民幸福，是重要的民心工程。良好的生态环境是人民的普遍期盼，是最普惠的民生福祉。生态文明建设是"五位一体"总体布

43

局的重要内容，是关系中华民族永续发展的千年大计。新时代十年来，我们以前所未有的力度抓生态文明建设，生态环境发生了历史性、转折性、全局性变化，我们村庄十多年的变化只是美丽中国建设的一个缩影，我们齐河县在学习贯彻习近平生态文明思想上也取得很大成绩。齐河有 63.4 公里黄河生态廊道、万亩林海、黄河水乡国家湿地公园，有 117 个利用微空间改造的小而精的"口袋公园"，有抬头看得见的天空"蓝"，低头映入眼帘的大地"绿"，远眺望得见的大清河水的"清"，天蓝、地绿、水清，如诗如画、宜居宜业的美丽齐河正徐徐展现在黄河岸边。从历史上的齐州八景，到今天的大清河风景区；从《老残游记》中的老残观凌，到以"天下黄河，齐聚齐为"为设计理念的"红心一号"文化广场；从北展区一片黄河荒滩到"产城一体"的文旅新城，"黄河水乡，生态齐河"的城市名片越擦越亮，齐河在生态文明建设道路上越走越宽。现在，齐河正积极贯彻黄河流域生态保护和高质量发展国家战略，让经济建设与生态文明建设相得益彰，富强齐河与美丽齐河珠联璧合，为创建全国文明城市而努力奋斗。

现在，我们镇政府又配备了洒水车，每天都会向村里的街道洒水，所以，现在我们村每天都干干净净的，比原来照片上更漂亮了。再过一段时间，我就要中考了。考上高中，我就会到齐河县城读书。我想，等我考上高中的那一天，我要和奶奶再照一张照片，通过同一地点拍摄的五张照片，告诉我的老师、同学、朋友，我的家乡正变得越来越美，未来还会更美……

（指导教师：石志坚）

做一颗绿色的种子

李宥铮

"稻花香里说丰年，听取蛙声一片"，这是一幅多么清新、充满希望的画面啊。在参加"爱我生态泉城"生态环保主题活动时，我脑海中首先浮现的便是小清河的漾漾清波。倏忽间，我想到我曾经在镜头中自豪地介绍过这一湾河水的巨大变迁，想到曾经用笔尖描写过波光粼粼中湛蓝的天空，想到曾经用画笔深情描绘过这"山泉湖河城"的风雅济南、魅力泉城。

我是在小清河边长大的孩子。我的爸爸是一名水文工作者，但在我看来，他更像是汛期洪水防御站的"烽火台"和"哨兵"。每天，小清河的"一举一动"都牵动着他的心。从我懵懂记事起，每逢阴雨天气，爸爸总会匆匆地吻一下我的额头，然后便头也不回地钻进瓢泼大雨中，再回来时已是满脸疲惫。看着他毅然决然的背影，我幼小的心灵深处，也有一颗绿色的种子正在悄悄地生根发芽：我希望自己长大之后，周边的环境会变得更好，让爸爸不再那样辛苦。我的脑海中常常会浮现出这样一幅画面：在天朗气清、惠风和畅的周末，爸爸带着我来到小清河边，我或骑在爸爸肩上，或躺在爸爸怀里，或趴在爸爸背上，认真地听他给我讲小清河的黄金水道、复航工程……光阴荏苒，我从牙牙学语到蹒跚学步，再到迈进校门，整整十一载，我都和小清河形影不离，与她结下了不解之缘。我也见证着这条日渐清秀的河流，给济南这座城市，带来了越来越多的绿意和生机。

十里柳岸堤照红，一泓清水入黄河。从五柳闸望去，满眼都是小清河的绿意盎然。几年前的小清河还是人人避之不及的"小黑河"，而如今这里早已是花的世界、树的海洋。在习爷爷"绿水青山就是金山银山"理念的指引下，一节节生动的生态文明大课堂，正在我们美丽的校园中火热开展。老师给我们讲了取之有节、用之有度、克己尚俭的理念，教我们人与自然和谐共生的道理。在潜移默化中，我觉得自己仿佛已经化身为一颗绿色的种子，在泉水的滋润中、在阳光的照耀下，我定将长成绿色的大树，播撒更多绿色的种子！

（指导教师：许彤）

绿水青山小河流　生态文明风景秀

臧书瑶

我是风，穿梭在秀美的山林天地间。那欢快流淌的小河，旺盛生长的树林，悠悠漫步的白云，都是我的伙伴。

可是不知从哪一天起，我的世界突然变了：人们随意把垃圾倒入小河的怀里，任凭它们闯入小河的胸膛。小河弟弟的皮肤开始发烂，我听见他的呼吸越来越困难，甚至连他那痛苦的求救声都被漂浮的垃圾掩盖。我难受，我伤心。白云妹妹听见我的哭声，也忍不住哭起来，可是，她的眼泪却刺痛了自己的脸颊，落到地面其他小伙伴身上，导致他们的皮肤出现了不同程度的腐烂。原来，工厂排放的烟雾虽然看起来白白的，却不是干净的，它们混入白云妹妹的身体里，让她的身体也越来越虚弱。我连忙低头去找大树哥哥来帮忙，可是，哪里还有大树哥哥的身影呢？

我在雨中哭泣，我在山间呼喊："人类啊，快醒一醒，救救我们吧！"可我的声音那么微弱，根本没有人听见。

这样的噩梦不知持续了多久，突然有一天，我听见一句句话语亲切而又坚定地在我耳边响起："生态兴则文明兴！""人与自然和谐共生！""绿水青山就是金山银山！"……

啊！我们有救了！我开心地欢呼起来！告诉小河弟弟，告诉白云妹妹，告诉只剩下树桩而奄奄一息的大树哥哥！

　　果然，人们马上开始了行动：堵在小河弟弟胸口的淤泥和垃圾被清理了；污水、废气必须经过治理达标后才可以排放；山间路边都种上了桃树、柳树，还有一些我不认识的花花草草。我的伙伴们渐渐恢复了往日的生机：河水清澈起来，鱼儿在水中嬉戏，虾儿在水里捉迷藏，螃蟹也悄悄从石板下探出了脑袋！我开心地跳起舞来，杨柳也随我摆动起来，柔软的枝条温柔地拂过我的脸庞。桃花朵朵，杏花飘香，小鸟啾啾，多么热闹、美好的景象啊！傍晚，孩童归来，唱起好听的歌谣：

> 地球地球我们的家，我们都要爱护它。
> 让小河永远清亮亮，鱼儿快乐翻浪花；
> 让森林永远绿葱葱，鸟儿唱歌披彩霞；
> 让天空不再落酸雨，让大地不再有疮疤。
> 我们是未来小主人，爱护地球我们的家！

　　声音那么清脆，那么动听！我听着这美妙的声音，又快活地穿梭在秀美的山林天地之间！

（指导教师：胡尊强）

大河日新　逐绿前行

尹成好

当今社会，随着科技的不断发展，人们在享受丰富物质文化生活的同时，也感受到环境污染日益加剧带来的严重威胁。2023 年 4 月 24 日，生态环境部部长黄润秋在会议报告中指出："全国生态环境质量保持改善态势，环境安全形势基本稳定，但生态环境持续改善的难度明显加大。"

我们党早在十八大上就提出"美丽中国"这一概念。那什么是"美丽中国"呢？山清水秀但贫穷落后，不是美丽中国；国富民强而生态污染，同样也不是美丽中国。美丽中国是一个和谐、繁荣、可持续发展国家，是指一个山清水秀、天蓝地绿、村美人和的国度。习近平总书记在党的二十大报告中，站在中华民族永续发展的高度上，提出了坚持绿水青山就是金山银山的理念，坚持山水林田湖草沙一体化保护和系统治理，全方位、全地域、全过程加强生态环境保护……让我们的祖国天更蓝、山更绿、水更清。

大河上下满目新——浩荡黄河奏响时代新乐章

大河汤汤，日月轮转。她从皑皑白雪的巴颜喀拉山北麓走来，九曲连环，浩浩荡荡奔向渤海。她就是中华民族的母亲河——黄河。"黄河宁，天下平。"治理黄河是治国兴邦的大事。党的十八大以来，习近平总书记多次实地考察黄河流域生态保护和发展情况，为黄河高质量发展擘画宏伟蓝图——治理水土流失，修复湖泊湿地，巩固退耕还林……黄河的治理与保护有了突飞猛进的发展。九曲黄河日新月异，相信黄河一定会成为造福人民的幸福河！

逐绿前行绘新景——大美临沂厚植生态靓发展

蒙山巍巍沂水长，我的家乡在临沂。犹记得小学时，在辅导员老师的带领下，我们一行队员来到沂河边对河道和周边环境进行清理，然后向群众宣讲环保知识，路过的叔叔阿姨们纷纷驻足聆听，向我们微笑、点赞。现如今，在"大美新"临沂建设的征程中，生态文明建设成果也在这片红色热土上遍地开花。原来浑浊不堪的臭水沟变成了清澈的小河流；小河两岸村庄错落有致，清洁整齐；我们的天更蓝了，空气更清新了，环境更优美了。我们实现了"绿水青山"颜值和"金山银山"价值的有机统一，走出了一条"生态好、群众富、可持续"的发展之路。

建设生态文明——你我共同行动，铸就美丽中国梦

习近平生态文明思想是美丽中国建设的根本遵循。建设生态文明，不能仅仅停留在口号上，需要你我共同行动。在日常生活中，我们要勤俭节约，尽量少使用一次性用品，自觉保护环境；我们还可以利用自己所学知识，向社区居民普及垃圾分类知识和与环保相关的法律法规，让人们从思想上认识到建设生态文明的重要性，提高环保意识。我们更要努力学习科学文化知识，在不久的将来，在节能减排领域开拓创新，为保护生态环境做出我们这一代人的努力！

青年们，让我们行动起来吧！为生态文明代言，做一名积极的传播者、模范的践行者和有力的推动者，为打造美丽中国、共建生态文明，贡献出自己的青春力量！

（指导教师：冯兰）

筑梦绿色家园　守护绿水青山

李奕诺

我们从出生之时起就接受自然的馈赠，借助这方肥沃的土地，我们创造了辉煌灿烂的文明；凭着这山光水色，文人骚客在山川大地留下优美壮丽的诗篇。改革开放以来，我们在这片肥沃的土地上勾勒高质量发展的蓝图，用生态文明的绿色铺就高质量发展的底色。

我眼中的生态文明

我们全家人时常在周末出去郊游。枣庄市郊的环城绿道处处生机勃勃，城乡间也有旖旎的风光。偶尔绕行杨峪水库，一眼望去是遍山郁郁葱葱的新绿，围起像翡翠一般通透的湖水，湖光山色相映，明明离城市不远，却让人感受到了远离尘世的宁静。在这自然美的震撼下，我越发体悟到生态文明的重要性。

我家乡的发展变化

我的家乡枣庄，作为一座资源型城市，曾长期依赖煤炭资源发展，虽然繁荣了一时经济，但不合理采矿却带来了严重的生态环境问题，这也是枣庄的"历史包袱"。对此，枣庄市政府排除千难万难，在习近平生态文明思想的引领下，对具有100多年历史的煤山进行治理改造，在维护生态环境的基础上，建成一座集学术研究、科研考古、生态园林、休闲娱乐于一体的大型矿山地质公园。同时采取全面落实喷淋、洒水等扬尘污染防治措施，做好历史遗留废弃矿山生态修复工地扬尘治理工作。

我的家乡枣庄，强化转型突围，修建了环城绿道，一大批工商企业在绿道沿线经营生态观光产业，如采摘园、农家乐、特色经济林果种植基地等，有效带动了沿线群众增收致富，也为市民提供了周末休闲好去处，推动了绿水青山向金山银山的转化。绿色生态是最大财富，人不负青山，青山定不负人，生机盎然的枣庄就是绿色中国的一个缩影，整个中国都在以生态画笔，铺就高质量发展的绿色底色，筑梦绿色家园。

我以行动护绿水青山

"草木植成，国之富也。"习近平生态文明思想是开放的、发展的新思想，习近平生态文明思想深入人心，绿色发展按下快进键，我国生态文明建设驶入快车道。生态文明建设任重而道远，须代代接力，久久为功。作为新时代的中学生，我们更应该遵循习近平生态文明思想，立志建设生态环保的美丽中国。

作为新时代的中学生，我们能为保护生态文明做些什么呢？我想，问题的答案其实很简单，我们都是自然界的一分子，善待这一汪湖水、一地绿色、一片蓝天，从小事做起，小到一滴水、一度电、一张纸，做到不浪费、不滥用、不乱丢，都是在保护我们赖以生存的大自然，都是在继承和践行习近平生态文明思想，都是在做美丽中国的宣传者、倡导者和行动者。

（指导教师：宋侃侃）

美了，我的家乡

李俊洁

我的家乡在临淄区齐陵镇，是一个县城边缘的小乡镇，这是一个山清水秀、人杰地灵的好地方。太公湖风景区、马莲台开放式森林公园、蹴鞠小镇、天齐渊公园，时时刻刻让我们欣赏"山峦层林尽染，平原蓝绿交融，城乡鸟语花香"的美丽画卷，是人们休闲娱乐的好去处、供节假日疯跑的山水田园，也是我最大的乐趣。牛山民俗游乐园、管仲纪念馆、兰溪国际滑雪场、齐民要术农博园、马莲台生态园，更是让我的童年变得五光十色、丰富多彩，让我开阔了视野，增长了见识。

家乡的历史源远流长，家乡的美让我久久难忘，但是我也经常听父辈说："你们是生在好时候，你们要珍惜这来之不易的好条件。"原来我这美丽的家乡也经历过世纪之殇，曾经的齐陵也有过沟湾塘坝，垃圾成堆；河床裸露，污水横流；挖石开窑，山林尽毁；资源短缺，贫穷落后。我的家乡曾经也是留不住的乡愁。"天更蓝，山更绿，水更清"，也曾是家乡人民的久久期盼。

建设生态文明，坚持可持续发展，实现人与自然和谐共生，是党指出的新时代文明发展之路。近年来齐陵人民牢记过去的耻辱，牢固树立"绿水青山就是金山银山""生态就是生产力"的发展理念，充分发挥当地历史人文、自然资源、区位交通、产业结构的优势，把"生态、文化、休闲、宜居"确定为新的发展思路，铺开了"看得见山，望得见水，留得住乡愁"的生态画卷，擦亮了齐陵振兴底色，让齐陵走上了高质量发展的快车道。齐陵人民团结一心，上下联动，修复生态，整治污水，建设生态旅游；建设美丽乡村，打造一村一景，优化宜居环境；路域绿化移步换景，汇聚民心人气；矿山复绿，打造秀美山川……现在的齐陵物阜民丰，山峦起伏、河水荡漾，留住了乡愁，而且底蕴深厚，人才辈出，持续向好。我们齐陵从 2013 年起获得过"山东省旅游强乡镇""好客山东最美乡村""最佳休闲乡镇""山东省森林村居"等荣誉称号，实现了生态保护和经济发展的双赢。

看家乡变化，我深切理解了习近平总书记高度强调的"建设生态文明，是关系人民福祉、关乎民族未来的长远大计。""我们既要绿水青山，也要金山银山。"看家乡变化，我深切感知了我国全方位、全地域、全过程的生态环境保护，创造的举世瞩目的生态奇迹和绿色发展奇迹。看家乡变化，我深切感悟了转变发展方式，坚持绿色发展，走生产发展、生活富裕、生态良好的文明发展道路，是我们的必然选择。

生态兴则文明兴，生态衰则文明衰，作为新时代的青少年，让我们携手同行，关爱自然，美化生态环境，从身边的小事做起，呵护碧水蓝天，共建生态文明，共享美丽中国。

（指导教师：王春凤）

美丽的《山居秋暝》回来了

孙启源

空山新雨后，天气晚来秋。

明月松间照，清泉石上流。

竹喧归浣女，莲动下渔舟。

随意春芳歇，王孙自可留。

犹记得背诵唐代诗人王维的《山居秋暝》时，我脑海中浮现出的一幅美景：月光从松树叶间隙流泻下斑驳的光，清澈的山泉水在石头上流淌，墨竹盖不住洗衣服的女孩子叽叽喳喳的喧闹声，渔舟拨开荷塘里的莲花缓慢地荡漾着……或许这就是世外仙境吧！

父亲说，他小时候就是在"仙境"中生活的。潺潺的小河清澈见底，河水可以直接用手捧着喝；高大的杨树遮掩着阳光，撑起片片绿荫；夏夜的池塘里青蛙声声地叫着；春风吹起绿色的麦浪，此起彼伏……

可有一段时间，我觉得他在骗我。因为我很少见到他描述的"仙境"，反而见得更多的是家乡干涸的沟渠，长满浮萍的发绿的水塘，被开挖后变得丑陋的石头山，路边人们随手扔掉的垃圾，工厂冒着黑色的浓烟，粗大的排污管中不断流出恶臭废水，就像阿Q头上的癞疮疤。

　　然而，这几年他口中的"仙境"竟然真的开始出现在我们的生活中。我疑惑地问父亲，为何"今是而昨非"呢？父亲让我多看我国环境保护的文章，多上网搜集相关信息，把不同年份的信息进行对比来寻找答案。

　　在搜集资料之后，我明白了为何近几年"仙境"回来了。我国坚持绿色发展理念，坚持习近平生态文明思想，党和国家高度重视生态环保，提出一系列发展理念：绿水青山就是金山银山，走生态优先、绿色发展之路，人与自然和谐共生，保护生态环境就是保护生产力，贯彻创新、协调、绿色、开放、共享的新发展理念，等等。一系列国家政策相继出台，慢慢地，美丽乡村、生态振兴随处可见。我看到了很多被查处的案例：祁连山系列环境污染案、长江经济带安徽太平湖流域污染案、黄河陕西韩城龙门段长期非法倾倒大量废渣案等。我更看到了如诗如画的浙江安吉、"云散月明谁点缀"的海南、美丽富裕的济南三涧溪村等。

　　自 20 世纪 90 年代以来，中国 GDP 增速迅猛，新产品更新换代加快，经济发展速度让世界其他国家非常惊羡。那么，我国为何还要贯彻现在的发展理念呢？

　　这是因为，如果片面追求增长速度，而以牺牲赖以生存的环境为代价，从短期来看有利于经济增长，但从长期看，发展成本远远大于收益，最终发展是不可持续的。而且，与一些发达国家相比，我国的人均自然资源比较紧缺，我们如果任由环境被污染，生态系统被破坏，将来必然悔之晚矣。只有保护环境，才能保护生产发展；只有改善环境，才能实现更健康的发展；只有生产力和环境保护携手发展，才是未来方向。

作为青年一代，我们决不做绿色发展的旁观者，要做参与者、贡献者。从现在起，在生活点滴中培养勤俭节约、绿色环保的习惯，认真学习贯彻习近平生态文明思想，学习新发展理念，学习科学文化知识，学习世界各国的绿色发展经验，践行绿色发展观，为国家可持续发展贡献一份力量。

漫步济西湿地时，我看到郁郁葱葱的树林，想起"草木荣华滋硕之时，则斧斤不入山林，不夭其生，不绝其长也"；看到湿地里自得其乐的游鱼，想起"鼋鼍、鱼鳖、鳅鳝印证孕别之时，罔罟、毒药不入泽，不夭其生，不绝其长也"。不仅在济南，还要在全中国，更要在全世界，让我们美丽的"山居秋暝"回来。

（指导教师：张璐）

年轮中的绿色故事

于继清

事迹，都是被记在纸上的吗？

是，但不全是。

几年前，我经常会去爬崂山。

有次登山时，我爬到一半，感到有些累了，便坐在旁边的石头上歇息。正好见到两位护林员老大爷正在用一把双人合拉的锯子锯一棵桃树。这棵树差不多有四米多高，树干乌黑虬曲。当时已是盛夏，它却连一片叶子也没长出来，树干背阴面还长出了许多白色的菌丝。注意到我有些疑惑的眼神，其中一位皮肤黝黑的护林员大爷指着地上一堆堆的木屑说道："这树被天牛幼虫蛀死了，现在我们要把它砍倒运走，防止更多的天牛生出来危害其他树木。这棵树直径差不多有 20 厘米，木质也比较坚硬。"

两位护林员奋力拉动锯子，想截断树干，树也跟着一颤一颤的。这时从锯缝中可以看到若隐若现的褐黄色的横截面，上面有一圈圈深色痕迹。这，就是年轮。年轮是树木在生长过程中，受季节影响形成的，一年形成一轮，绝不会有偏差。因此，我们可以根据年轮的数目计算树木生长的年份。

唰，唰！锯子挥动，锯末飞舞。锯子进入 2019 年所在的年轮圈。这一年，青岛大力执行中央的环保政策，青岛的生态环境得到了极大的改善。人们再度发现了自 1992 年后就没有记录到过青岛的扁嘴海雀。这种鸟会在青岛度过春夏两季，然后在秋天飞去别的地方。曾经由于人们滥捕，在青岛几乎看不到它们了。但由于近些年政府加大了保护力度，已发现有 7 只扁嘴海雀返回了它们昔日的家园大公岛。

唰，唰！锯子挥动，锯末飞舞。锯子进入 2013 年所在的年轮圈。这一年，四只世界级的濒危鸟类丑鸭来到了青岛，吸引了大批观鸟者围观拍照。这些面部有白色斑点的丑鸭对栖息地的环境要求极高，因此，丑鸭能来到青岛，便是莫大的喜事。

唰，唰！锯子挥动，锯末飞舞。锯子进入 2006 年所在的年轮圈。这一年的十月，山东省人民政府批准了平度大泽山成为省级自然保护区。这里是胶东名山之一，保护对象以针叶林、针阔混交林、栎类落叶阔叶林为主。这座山层峦叠嶂，且多奇松异石，是多种鸟类和昆虫的栖息地。

唰，唰！锯子挥动，锯末飞舞。锯子进入 2004 年所在的年轮圈。这一年青岛市政府批准了在胶州湾附近成立一个以文昌鱼为主要保护对象的自然保护区，它总共分为三个区域，都配备了完善的设施。文昌鱼是国家二级保护动物，被称为活化石。这种头索纲的动物是众多鱼类的"先辈"，具有极高的研究价值。同时，这种动物对水质要求极高，它能在青岛繁衍下去，和青岛市大力保护生态环境以及科研人员的努力是分不开的。不仅如此，近期还出现了很多文昌鱼现身青岛沿海的事情。甚至在一些地区，人们已经习惯在潮汐池中发现文昌鱼。我也有幸在青岛沙子口邂逅一条洁白半透明的文昌鱼。

唰唰唰，几声脆响，锯子又迅速穿过了 2002 年和 2001 年的年轮圈。这两年中，青岛成立了艾山地质遗迹省级自然保护区、大公岛省级自然保护区以及胶南灵山岛省级自然保护区。它们的先后成立，证明了青岛对生态环境的保护力度不断加强，经济飞速发展。

　　唰，唰！锯子挥动，锯末飞舞。锯子进入1994年所在的年轮圈。这一年，青岛成立了马山国家级自然保护区。它是青岛第一个国家级自然保护区，可谓"开山之作"，为青岛自然保护区建设奠定了基础。此时，这棵树摇晃的幅度越来越大，锯子也已深入到了树干内部。

　　突然，我发现锯子已进入树心。其中一位护林员告诉我，这棵树是青岛崂山省级自然保护区成立时移栽的。此刻，锯子在历史的年轮上逆转了方向，在回溯了那些年代后，它又往外切向另一边。最后，树干颤抖了一下，锯缝突然变宽，这棵树终于倒下了。

　　粗糙、泛着浅黄色光泽的树桩半埋在土中，树干已被两位护林员扛走。几只玉米毛蚁爬上了树桩，探索着它们新的平原。树旁堆着几小堆木屑，它们都写满了历史。我可以勉强分辨出，深红色的，是天牛破坏这棵树时形成的；而浅黄色的，则是新锯出来的。毫无疑问，天牛形成的木屑和新锯成的木屑有一个共同点：都是那么清香、坚实。树的记录，就是最忠实、最绿色的记录。

　　2005年，习近平同志提出"绿水青山就是金山银山"的科学论断。青岛积极践行"两山"理念，坚定不移走生态优先、绿色低碳发展道路，为加快迈向"活力海洋之都、精彩宜人之城"的设想提供了坚实保障。是啊，家乡在政府的领导下，越来越繁荣了！同学们，我们一定要努力学习，积极响应政府号召，建设好我们的美丽家园！

（指导教师：赵迪）

行动篇
美丽中国我行动

🌱 当节约不再个别，当"小气"不再被看轻，当生态保护的观念深入人心，我们的天空会更蔚蓝，我们的空气会更新鲜，我们的河水会更清澈，我们的家园会更加美丽和谐。

🌱 我来到，旧日苍苍西北大漠中，触目一片无垠黄沙；我看见，三北防护林郁郁葱葱，生命繁荣希望满原；我记录，一代又一代中国治沙人在茫茫荒漠上留下的脚印，一步一顿，从黄沙走到绿洲。

🌱 "勿以恶小而为之，勿以善小而不为"，一个家庭的努力微不足道，但如果家家都是"环保小分队"，美丽中国定会更加美丽！

美丽中国　我在行动

邢子臻

"水光山色与人亲，说不尽，无穷好。"

绿水青山，碧海蓝天，看我大美中国；人与自然，和谐共生，绘那山水宏图！

黄河安澜　千古奔流

《人民日报》曾这样描绘我们的母亲河："大河奔涌，九曲连环，万里黄河，气象万千。"在天与地相接之处，我们的母亲河，犹如民族的血脉，流淌着源源不绝的生命力，歌唱着对中华民族的颂歌。

曾经，我们的母亲河饱经磨难。在荒旱年份，上游河道还未整治时，黄河流域的水资源曾严重不足。流速减慢，泥沙淤积，河床抬高，泛滥成灾。在现代养殖业、工业刚兴起之时，我们的母亲河成了污水的"流放地"，水质污染严重……我们没有袖手旁观。

习近平总书记说："黄河流域生态保护和高质量发展是事关中华民族伟大复兴和永续发展的千秋大计"。我们坚持以水定城、以水定地、以水定产，锚定幸福黄河目标的要求，推进黄河流域生态环境的逐渐改善。无数人的鼓与呼，只盼我们的母亲河能毫无羁绊地奔涌下去，练就一身硬骨。

清波荡漾　绿荫连绵

"绿树成荫昭日月，英雄浩气永流传。"

塞罕坝，曾是多少人心中"荒芜"的代名词。千里松林砍伐殆尽，漫漫黄沙遮天蔽日，它是茫茫荒原。在一个平凡的初春，一支300多人的队伍闯入了塞罕坝，拉开了造林绿化的帷幕。"天当床，地当房，草滩窝子做工房。"一代代塞罕坝人，用半个多世纪的传承，创造了百万亩林海的奇迹。

"绿水青山就是金山银山。"一代代塞罕坝人，铸就了绿色发展的塞罕坝精神。这是无数重现的绿水青山和它们背后奋斗的人民的缩影。生态文明建设，不可须臾懈怠，必须只争朝夕！

美丽中国　守护有我

"人不负青山，青山定不负人。"作为新时代的中国青年，我们要接过历史的接力棒，承担起生态文明建设的责任与使命，力争成为美丽中国的保护者、奉献者和传播者。"保护地球上的每一滴水"，节约用水，是公民应有的意识；"让每一种垃圾找到自己的家"，为垃圾分类，是我们力所能及的环保；"让白色污染远离生活"，减少一次性物品的使用，是在维护身边的美丽；"一粥一饭，当思来之不易"，节约粮食，是对资源的珍惜；"为地球降温"，绿色出行，是最好的低碳。是啊，从现在做起，从身边小事做起，为可持续发展尽一份力，为生态文明建设添一分光亮。让生命永远充满绿色的活力，让美丽中国常驻我们身边。

美丽中国，我在行动。愿青山不老，碧水长存。

美丽中国，我们在行动！愿新时代青年携起手来，共同为生态文明建设，献出自己的力量！

（指导教师：刘霞）

践行生态文明思想　守护绿水青山笑颜

张甜甜

作为一名视障女孩，我虽然无法用眼睛阅读书籍，但是可以通过触摸一个个盲文字符，来认识这个包罗万象的世界。遨游在书的海洋中，我得知在这个浩瀚的星球上，有一个神奇的国度；在这个美丽的地球上，有一位伟大的母亲。她昂首挺立于全球最大的大陆——亚欧大陆上。

她就是我们美丽而伟大的祖国——中国。

"明月出天山，苍茫云海间。"这是李白诗中的美丽中国。"日出江花红胜火，春来江水绿如蓝。"这是白居易诗中的美丽中国。"沙鸥翔集，锦鳞游泳；岸芷汀兰，郁郁青青；静影沉璧，渔歌互答。"这是范仲淹《岳阳楼记》中的美丽中国。

在诗人的笔下，蓝天碧水，飞鸟游鱼，人与自然和谐共处。虽然我无法目睹伟大祖国的秀丽山河，但是诗人们以诗意盎然的文字带领我想象出祖国河山的多姿多彩。

可不知从何时起，天空昏暗、空气污浊、酸雨蔓延、污水横流、垃圾成山、森林锐减、土地荒漠化这一个个触目惊心的字眼频繁地出现在我耳边。我不禁为祖国的生态环境遭到破坏而潸然落泪。

"像保护眼睛一样保护生态环境，像对待生命一样对待生态环境，让自然生态美景永驻人间，还自然以宁静、和谐、美丽。"响应习爷爷的号召，学习并践行习近平生态文明思想，是我们每一名新时代学生的义务和责任。

作为一名视障学生，我是如何学习习近平生态文明思想，如何为建设美丽中国贡献自己的绵薄之力的呢？首先，我通过收听新闻广播、听读有声图书、摸读盲文书籍等方式学习习近平生态文明思想的内容，牢牢记住习爷爷关于保护生态环境的指示，同时认真学习生态文明知识，如资源的有限性、生物的多样性等，理解生态文明建设的重要性。其次，我从生活点滴做起，通过为垃圾分类、节约用水用电、参与学校组织的植树活动等方式践行习近平生态文明思想。最后，我虽然眼睛看不见，但是可以用自己甜美的声音录制环保口号和美文，用自己的方式参与到环保知识的宣传队伍中。

"江作青罗带，山如碧玉簪"，青山绿水带笑颜，这是一幅多么美丽的画卷。"绿水青山就是金山银山"，守护绿水青山，你我携手共同行；拥抱绿水青山，幸福生活万年长！

（指导教师：李正镇）

我家有位"小气鬼"

李雨泽

我家有位公认的"小气鬼",怎么回事呢?且听我慢慢道来……

我家的"小气鬼"喜欢养花,但是从不买花盆,她用来种花的花盆都是她用家里废旧的盆盆罐罐改造的。洗衣液桶、油桶、茶叶罐……都可以被她拿来做成花盆、种上不同的花。你别说,那些本来要进垃圾桶的盆盆罐罐被她一拾掇,摇身一变,仿佛一件件艺术品,给人以身价倍增的感觉。而这些花花草草,不仅美化了生活,还让我感受到充盈房间的生命力,近距离接触自然,浑然忘记了承载它们的"花盆"原本只是"垃圾"。"小气鬼"仿佛有魔法,她总能帮一些"垃圾"找到它们的价值,帮它们改头换面,让它们重获新生。所谓"化腐朽为神奇",大概就是指这样吧。也正是因为这样,经常有各种各样的"垃圾"在家里存放着,等待着属于它们的"重生"机会。

她不仅对自己喜欢的东西抠门,对我们更抠,还一直妄图"操控"我们的生活,让我们跟她一起变成"小气鬼"。我们的衣食住行,她样样都要管。她自己穿了十几年的衣服比比皆是,虽说不至于"缝缝补补又三年",但是那样式,那颜色,一看就是"从历史中走来的",满满的年代感。面对我们的嘲笑,"小气鬼"却总是不以为耻，反以为荣："你看，快二十年了，我的衣服仍然能穿，这说明什么呀？说明我身材保持得好啊，依然婀娜！所以保持身材，不仅是为了美，而且真的很省衣服呢！"我们虽被她弄得哭笑不得，却也无可奈何。我也只能暗自庆幸自己是家里一圈小屁孩中的老大——没衣服可捡，就只能穿新衣服！而我的弟弟们的衣服，大部分是我穿不下的旧衣服。唉，可怜的小孩！

相比下面我要讲的事情，"小气鬼"对衣着的抠门还算可以接受。以前我在一个电视节目上看到成龙的儿子说他家用厕纸都有规定：根据大小厕决定使用厕纸的数量。也不知道"小气鬼"是受此启发还是自己创新，在我们家也定了一套用纸方案，那条条框框细致到我"怀疑人生"，包括在什么情况下使用，用什么纸，用多少，都有相应的规定及奖惩。怎么样，这样的"小气鬼"你们见过吗？

"小气鬼"不仅在用纸方面节约，对浪费粮食的行为更是深恶痛绝。在我家浪费粮食的现象是坚决不允许存在的，谁挑食谁会被禁食。无论是在家还是在外面吃饭，我们都是实行"计划经济"，吃饭前先报自己要吃的菜单，然后"包饭到人"，绝对的"光盘家族"。

"小气鬼"对水也是利用到极致。洗菜的水，她用来浇花；洗澡淋浴时接个盆，存下的洗澡水她用来冲马桶；她能手洗的衣服，决不会选择机洗……我们笑话她："这样斤斤计较能省多少水啊？"面对我们的玩笑，她却很认真地告诉我们："能省一点是一点啊。水也是有'生命'的，每滴水都值得我们尊重。我们可不能让我们的眼泪成为地球上的最后一滴水。"

　　"小气鬼"不舍得用水，倒是舍得用电。随着新能源汽车的普及，我们家从"油车"换成"电车"。"小气鬼"逢人就说"电车"好，不用担心油价涨，不用担心汽车尾气污染空气，还可以免检……在我们家，自行车是近距离出行的首选，"小气鬼"说骑车既能锻炼身体，又环保，一举两得。

　　"小气鬼"的"小气劲儿"远不止于此，以上故事只是她"小气行径"的冰山一角。但是，奇怪的是，她这么小气的人，对小区的绿化行动却很支持，不仅拆掉小区绿化带里自己心爱的小菜园，还多次参加小区的环保志愿行动。我问"小气鬼"为什么对自己这么小气、这么苛刻，对与自己无关的事却毫不吝啬。"小气鬼"没给我讲大道理，只是带着我观看了两部电影：《后天》和《流浪地球》。我被那些电影里的画面深深震撼，看不懂的地方，"小气鬼"都会耐心地解释给我听。最后，她告诉我："电影是生活的寓言，也是一面镜子，它告诫我们如果不反省自身，保护我们的生态环境，那影片中的灾难终究会降临到我们的头上。"

　　"小气鬼"告诉我，她小时候沙尘暴特别严重，尤其春天，当沙尘暴来袭，漫天黄沙，不仅造成极大损失，而且还影响了人们的身体健康。随着可持续发展观念的提出与传播，特别是"绿水青山就是金山银山"发展理念的深入人心，人们开始有意识地治沙、保护环境，沙尘暴天气明显减少，雾霾天也少了很多。她说："你看爸爸前几年上班，一趟来回就灰头土脸得让我们认不出来了，现在，你爸上一天班，衣服都是崭新的。"

她意味深长地说："我们节约一张纸，节省一度电，充分利用好每一滴水的行为，看似微不足道，其实不然。我们一个人能做的事情很有限，但是如果每个人都能行动起来，像保护我们的眼睛一样保护我们的生态环境，像爱护生命一样爱护我们的地球，电影中的灾难就只能停留在胶片中，成为虚构的故事，不会变成现实的灾难，我们会走得更远、更好。"

人与自然本应该和谐共生，是生命共同体，但是我们习惯了索取，习惯了地球的给予，经常无视生态环境的重要性。要知道，生态环境没有替代品，就像清洁的空气，当我们畅快呼吸时不觉它的珍贵，一旦失去我们就会无法生存。很多时候，我们失去才知道后悔，可如果等到失去再后悔，那必定为时已晚。

"小气鬼"用她的行动践行着自己认为对的事情，践行着生态文明捍卫者应该做的事情。那大家猜猜我们家这位让我们又气又爱的"小气鬼"是谁呀？对，她就是我的妈妈，一位让人骄傲的"小气鬼"，让人心生敬佩的"小气鬼"。

我们家这位"小气鬼"告诉我："当节约不再个别，当'小气'不再被看轻，当生态保护的观念深入人心，我们的天空会更蔚蓝，我们的空气会更新鲜，我们的河水会更清澈，我们的家园会更加美丽和谐。"

（指导教师：陈霞）

家庭"环保小分队"

隋君晨

告诉大家一个小秘密——我们家成立"环保小分队"啦!

记得那天,爸爸说:"今天,我们单位组织学习了习近平生态文明思想,我觉得说得太有道理了。或许我们不能为改善环境做出巨大贡献,但是我们可以从身边小事做起。从现在起,我们家成立环保小分队,怎么样?""赞!""超赞!"妈妈和我大力支持。

小分队第一个行动目标是"低碳出行",尽量减少轿车的使用频率。刚开始,我很不情愿。爸爸说:"汽车会产生大量尾气,危害自然生态系统的平衡。我们以后尽量低碳出行。"于是,每天上学、放学,爸爸都会和我并肩走在路上,一边走一边讨论各种趣事。慢慢地,我喜欢上了徒步的感觉。双休日,我们全家经常骑行,每人骑一辆自行车,既环保又有趣,还能锻炼身体呢。今年"五一"国际劳动节,我们全家参加了"莱西市自行车环湖大赛"。当浩浩荡荡的队伍骑行在平坦的公路上,柔柔的春风、清新的花香扑面而来,我觉得"低碳出行"着实是一大美事!

妈妈则变成了我们家名副其实的"小气鬼"。妈妈买来两个大水盆,一个盛淘米水洗菜水,用来浇花;另一个盛洗过衣服的水,用来冲厕所。自从这两个大水盆进了家门,妈妈就差把"节约用水"四个字贴在脑门上了。有一次,我洗手的时候水流开大了,她一个箭步冲过来,关上水龙头,郑重地说:"这么大的水流洗手多浪费啊！"说完，她给我做了一个小水流洗手的示范，还站在旁边盯着我操作了一遍。我心里暗暗佩服妈妈的细心，以后用水，我都乖乖地执行妈妈的要求。

爸爸妈妈在行动，我也不能落后。我们家的电视机、电脑、洗衣机……一般 24 小时不断电，是名副其实的"偷电"高手。我召开了一次家庭会议，对爸爸妈妈说："现在全球气候变暖，地球资源大量减少，减少电的消耗也是环保的重要内容。"我列出了断电项目和时间，安排出了"值日生表"，全家轮流当"值日生"。每晚睡觉前，"值日生"要检查全家的插座、电器，凡是能关的要统统关掉。好几次，爸爸忘了"值日"，还被我批评教育了呢。

现在，我们家处处"环保"，时时"环保"，像用手帕代替纸巾、购物时自备布袋、扔垃圾时做好分类……都成了我们习以为常的事情。"勿以恶小而为之，勿以善小而不为"，一个家庭的努力微不足道，但如果家家都是"环保小分队"，美丽中国定会更加美丽！

（指导教师：曹美玉）

保护生态，从身边小事做起

杜英泽

党的十八大以来，以习近平同志为核心的党中央，明确提出了努力实现人与自然和谐共生的生态文明思想。作为新一代的中学生，我们应该响应国家的号召，为生态文明的发展做我们力所能及的事情。

2023 年五一期间，学校组织了一次黄河徒步的研学活动。通过这次活动，我和同学们对生态保护有了更深的感触和理解。

那一天，天气晴朗，碧空如洗，让人感到格外舒畅。同学们兴高采烈地来到黄河边，一下车，映入眼帘的便是汹涌澎湃的黄河。黄河岸边，绿草如茵，到处是沁人心脾的花草香气。走在黄河边的道路上，我们看到了前辈们治理黄河的照片，深受鼓舞。而徒步的过程中，我们也在路边发现了一些垃圾，比如塑料袋、矿泉水瓶等，这和周围的美景格格不入。

这么美丽的景色，怎么有人忍心乱扔垃圾呢？同学们受到触动，不约而同地捡起身边的垃圾。人多力量大，同学们越干越带劲，很快，路两边就变得干净了。而我们的心情，也随之好了很多。

清理垃圾的时候，我不禁在想，这里的垃圾被清除了，可是别的地方呢？若是全世界的人都有保护生态的意识，那这世界将会多么美好！

现在整个世界的生态环境不容乐观，地理课上我们学过，由于人类过度排放碳，全球不断变暖，南北极地区气温逐渐上升，反常的高温甚至会使南极冰川消融，北极大块浮冰消失，让企鹅、北极熊这些动物的生存环境受到极大的破坏，它们甚至会面临灭绝的风险。

黄河之行，让我和同学们感触很深，我们对生态保护问题展开了讨论。大家纷纷表示要以身作则，为环境保护做力所能及的事情，从自身做起，从身边的小事做起，选择绿色出行，选择乘坐公交车或者骑行，节约用水，节约用电，不浪费粮食，做好垃圾分类……

这些看似不起眼的小事情，只要大家都坚持去做，就能看到越来越好的结果，就像涓涓细流汇入大河，最终会形成整个社会保护生态环境的良好氛围。

（指导教师：吴玉华）

我是环保小卫士

李妮妮

　　蓝天白云、繁星闪烁是天空给予生命的一抹亮色；清水绿岸、鱼翔浅底是大地给予心灵的一隅明净；吃得放心、住得安心是祖国给予人民的一份保障。党的十八大以来，习近平总书记多次强调生态文明建设和绿色发展的重要性，指出："建设生态文明，关系人民福祉，关乎民族未来。"让我们给予天空澄澈，给予自然共生，给予生活和谐，给予美丽中国以生态文明的永恒注解。

　　买车，选择新能源汽车，给出的是一条低碳环保的新路。年前爸爸想换个新车，我勇敢提出自己的建议：买新能源汽车。爸爸不以为意："小孩子学了点环保知识就上纲上线了。"为了说服爸爸，我上网收集资料对比燃油车和新能源汽车的优劣，到汽车店找老板咨询数据，找老师了解新能源汽车发展趋势与政策支持，写出一份《新能源汽车无与伦比的潜力》，摆在了爸爸面前。当他认真阅读完这份"报告"后，他笑了。在他和我击掌的一瞬间，我知道爸爸作出了正确的选择。我问他为什么会转变这么快，他说："古有'天下兴亡，匹夫有责'，今有'环境保护，人人有责'。"此刻，我明白，我们选择的不仅仅是新能源汽车，更是高质量发展的绿色之路。

　　护树，拒绝通过破坏公共绿植的方式来给生活带来方便，给出的是一种生态为先的共识。我们小区有许多香樟树，闲暇时我喜欢靠着香樟树，嗅着它淡淡的香味看书。可小区里常有邻居将铁条布条绑在两棵香樟树之间用来晒被子，导致树干枝叶伤痕累累。还有一些调皮的小孩拉着树枝吊着玩，被扯断的枝条零落一地。我因为这事好几次向破坏香樟树的人发脾气。妈妈看出了我的心思，便带着我找物业寻求帮助。在物业的精心安排下，小区空地上搭建了专供晾晒衣物的架子，我也带着小伙伴为香樟树制作了漂亮的保护牌，温馨提示大家共同保护环境、爱护树木草坪。邻居们夸我有智慧、心地好，现在只要有小孩子"欺负"香樟树，大家总会坚定地站出来，保护我们小区共同的"绿色财产"。香樟树，常青树，生生不息，息息不止，诠释着"生态兴则文明兴"的绿色共识。

养善，争做环保小卫士，给出的是一份担当。勿以善小而不为，我们要从自身做起、从现在做起，在家一水多用，随手拧紧水龙头；购物时尽量不使用塑料袋；外出吃饭少用或不用一次性餐具。在学校我争做环保小卫士，承担起灯、教学一体机、空调等电器设备的开关工作；认真学习、践行垃圾分类知识；骑自行车上下学。同时，我也号召身边人和我一起践行节能、环保、低碳、文明的绿色行动。

习近平总书记强调："让绿水青山造福人民泽被子孙。"生态文明是每一代人的事业，久久为功，没有止境，让我们携手共进，做环保小卫士，共同谱写美丽中国新篇章！

（指导教师：刘影）

共筑生命家园　诠释少年之责

桑璐瑶

生态治理，道阻且长，行则将至。

——题记

思·昔日风景今不在

黄河口生态旅游区风景如画，山水辽阔间传来鸟鸣虫吟。我们在景区畅快游玩时，弟弟随手将面包包装纸扔进了河里，妈妈见状马上向旁边的清洁工人借来夹子将包装纸夹了出来，训斥道："每年都有成千上万的人来旅游，如果你扔一件我扔一件，你想想这条河不就到处漂浮着恶臭的垃圾了吗！"恍然间，我陷入了沉思……

我记得老家每个街道都有水渠，小时候我们经常脱鞋入水，在水中嬉戏，抓小蝌蚪成为我们夏日中最快乐的事情。可随着各种家庭小作坊的"兴盛"，熟悉的水渠却失去了最初的模样。现在，我走在路上看到散发着难闻气味的水渠难以置信，难以置信才几年时间水渠里的水就变得浑浊不已，难以置信它曾澄澈如镜。

随着经济的发展，老家街道上的水渠尚且如此，那其他地方呢？我环顾四周，身边的景色在我眼中变得黯然失色，心想或许它们以前更美；我看向若有所思的弟弟，暗自思忖：他以后还会看到这么美丽的景色吗？如果我们不采取行动，未来究竟又会变成怎样呢？

记·绿色理念驻心间

"坚持绿水青山就是金山银山的理念，努力走出一条以绿色为底线的高质量发展之路。"习近平总书记铿锵有力的回答为我们的未来拨开了迷雾。习近平总书记曾多次实地考察黄河流域生态保护和发展情况，此刻我站立的地方也曾留下习近平总书记的脚印。我们追溯历史，深知"黄河宁，天下平"，从大禹治水到坚持绿色发展理念，传承着前人治河的积淀；我们延续文化，黄河奔涌之息照见文明起源，曲弯回肠间孕育民族根魂；我们清醒认知，要遵循自然规律，摈弃想要征服自然的冲动思想；沿黄河各地区从实际出发，推动经济高质量发展。以习近平同志为核心的党中央多次强调黄河流域生态保护和高质量发展问题，擘画了一张以绿色为底色的经济发展蓝图。而今，我们接续奋斗，一张蓝图绘到底，一茬接着一茬干！

行·点滴行动我做起

心之所系，念兹在兹；行笔至此，吾辈该当如何？如今，"绿色化"已悄无声息地渗透到我们生活的方方面面，成为我们每个人的自觉行动。我们在日常生活中时刻提醒自己节约用水，拒绝购买被过度包装的产品，少用或不用一次性产品……或许这些行为过于简单，过于微小，但我深知黄河之所以能奔流不息，离不开每朵浪花的涌动。今我少年身担责，从点滴做起，定将奏响黄河流域生态保护的"大合唱"！

儿时那清澈见底的水渠，延伸至远方的汩汩流水，生活中不经意触及的鸟语花香，我们愈加美丽的祖国，这些美景逐一可待。芳华待灼，行而不辍；道阻且长，行则将至。

（指导教师：郑旭）

美丽中国，我看见，我守护

徐艺馨

我来到，泱泱大山河川间；我看见，盛世江山如画；我守护，如此美丽中国。

我来到，旧日苍苍西北大漠中，触目一片无垠黄沙；我看见，三北防护林郁郁葱葱，生命繁荣希望满原；我记录，一代又一代中国治沙人在茫茫荒漠上留下的脚印，一步一顿，从黄沙走到绿洲。习近平总书记曾言："绿水青山就是金山银山。"这是中国人民为自然创造的奇迹，更是中国人民为世界做出的贡献。而今天，一树一锹已经交到了我们新时代青少年手中，八步沙第三代治沙人郭玺的誓言代表了吾辈青年的意志与信念，三北防护林的绿意将播撒向更远的黄沙大漠！

我来到，旧日滔滔不绝黄河畔，耳闻河水挟雷裹电咆哮而来；我看见，三门峡水坝屹立不倒，黄河水天相接；我记录，数代人潜心研究治河治沙方案，留下一条日渐"温柔"的母亲河。"让黄河成为造福人民的幸福河。"这是习近平总书记对人民、对环境的殷切期盼，是代代相传的治理目标，是我们新时代青少年坚持的不懈追求！吾辈青年要以万众之智，凝民族之力，将黄河真正变成永远的幸福河！

我来到，旧日烟尘弥漫的工业区，不见白云蓝天；我看见，新能源接班化石能源翻开环保新篇章，城市碧空如洗；我记录，治理工作细致入微，被誉为"千里眼""顺风耳"的城市管理系统齐下场，以中华儿女守护环境、守护生态之决心重塑万里晴空。"像保护眼睛一样保护生态环境，像对待生命一样对待生态环境。"习近平总书记以生动的比喻展示了中国保护生态的决心。保护生态就是保护人民，吾辈中华儿女，必将跟随前辈脚步，还给中华大地一片清澈穹宇！

我来到，旧日漫漫红壤的长汀，目之所及，"山光水浊"；我看见，长汀人民以"滴水穿石，人一我十"的精神开展水土治理；我记录，封山护林的举措、党政领导挂钩责任制齐上阵，在红山红水中泼洒一片绿意，长汀成为成功治理水土流失的一面旗帜。"生态兴则文明兴，生态衰则文明衰。"长汀绿满荒山的传奇，正是习近平生态文明思想的最好注脚，更是当代青年前进方向上的指引，吾辈青年必将应声而起，打造新时代生态大国！

我走过美丽中国，我看见中国生态一片向好。"我们要同心协力，积极行动，在发展中保护，在保护中发展，共建万物和谐的美丽家园。"作为负责任的大国，中国正在为了人类的未来奋斗，中国人民正在与自然重修旧好，吾辈青年正接过时代的接力棒，始终坚持保护环境的基本国策，坚守建设绿色美丽中国的决心，与世界各国通力合作，共同守护我们的地球家园！

（指导教师：武丽娜）

筑生态之基　护万物葳蕤

路智翔

建党百年迎盛世，一同努力行环保。青春似火应行动，齐心协力争上游。

——题记

人类是茫茫宇宙中的一种小小的生命体，只是浩瀚星河中的一粒尘埃。浩瀚无边的宇宙里，滚滚东流的江河，万里无垠的平川，高耸入云的峻岭，这些山水河川是生命之源，亦是生存之基。对自然，我们要怀有一颗敬畏之心。

"生态环境没有替代品，用之不觉，失之难存。"唯有筑牢生态之根基，才能护万物之葳蕤，与自然和谐共处，打造"经济与生态齐飞，发展共环保一色"的绿色局面。

在历史发展的新时期，人类的生活日新月异，科技的发展突飞猛进，但随着工业的资源需求量不断增大，污染问题也层出不穷：温室效应导致全球气候变暖，长江白鲭豚销声匿迹，新西兰暴雨滂沱，四川凉山火海翻腾……物种的灭绝、经济的损失、病毒的肆虐、生命的流逝，人与自然两败俱伤，敲响了震彻世界的警钟——人与自然的天平已然歪斜，而自然无时无刻不在警示着我们要维系二者的平衡。

牺牲自然发展经济的理念，已让世人尝到了苦果。此时我们的耳边，一定回响着习近平总书记铿锵有力的话语："我们既要绿水青山，也要金山银山。宁要绿水青山，不要金山银山，而且绿水青山就是金山银山。我们绝不能以牺牲生态环境为代价换取经济的一时发展。"

这就是历史发展的潮流，这就是中华民族实现永续发展的唯一法门。在生态环境问题日益严重之时，伟大的中国人民只要着眼未来，坚定必胜的决心、保持无悔之初心，就一定会打赢经济腾飞、环境优美的发展攻坚战。

生态与发展的双赢，离不开国家的英明决策。

长江曾经拥有极为丰富的鱼类资源，种类超过几千种，其中属于我国特有的鱼类更是有上百种。然而，进入 21 世纪后，长江的鱼类数量也曾急剧减少，国家一级保护动物江豚甚至减少到 1000 头左右。之后通过十年禁捕，我们才终于再次拍到江豚戏水的画面，让长江真正的主人回来了。国家对各类工厂进行了环保大整顿，新旧动能转换政策，新能源汽车补贴政策，几乎无处不在的保护环境的公益广告……这不仅仅是为了中国而努力，更是为了人类命运共同体而努力。

生态与发展的双赢，更需要全国人民的共同努力。

"不驰于空想，不骛于虚声"，生态、发展、人类命运共同体等一系列字眼也许看似离我们很远，但其实它们就在我们身边，每个人都知道、都能做：尽量不使用一次性用品，尽量绿色出行，让更多的人了解绿色环保知识……环境保护不是一代人的事，而是每代人的事。每一个细微的行动都承载着未来无限的可能。我们只有齐心协力，共谋生态发展的大计，才能真正实现生态与发展的双赢。

生态与发展的双赢，也需要全世界的共同参与。

中国人民立足当下，以海纳百川之态、有容乃大之范，与世界编织出一条"绿色环保的纽带"。二十四节气起笔，天干地支作结。在冬奥的赛场上，我们不仅能见证运动员们展现出的拼搏风采，更能见证中国以"绿色办奥"为准则形成的一系成果。采用二氧化碳跨临界直冷制冰技术的国家速滑馆"冰丝带"、氢燃料客车、纯电动汽车……中国式环保的传播也不再局限于国内，而是走出国门，展现奥运之团结、大国之风范，带动全世界人民守望相助、守护地球。

（指导教师：李天东）

执生态之笔　绘山水蓝图

孙郡婕

自古以来，中华大地上有"芳草鲜美，落英缤纷"的世外桃源，有"明月松间照，清泉石上流"的雨夜秋山，有"落霞与孤鹜齐飞，秋水共长天一色"的烟波浩渺……太多的文字描述了美好生态。

"纤纤不绝林薄成，涓涓不止江河生"，青山叠翠、江山如画的壮丽图景正是我们如今生态文明建设的远大目标。"道虽迩，不行不至；事虽小，不为不成"，新时代的青年，要做生态文明的实践者、推动者，持之以恒，久久为功，汇聚起保护生态环境、呵护青山绿水的磅礴力量。

以绿色为笔　写绿意诗行

村口氤氲着水雾，与风声映衬，与炊烟共舞，一棵老树在老屋中心盘根，一年又一年的花开，"满院岩花香正冽"；一年又一年的落叶，"落叶如秋霖"。它经历了岁月的洗礼，依旧一年又一年地把绿意融入我们的心房。母亲告诉我，这棵老树陪伴了她的童年，在树下聆听鸟儿的和鸣，享受着沁人心脾的清风。又是一年春尚好，我与父母回到老家，迎着和煦的春风，来到载满母亲童年回忆的家乡。我们一行人，扛着树苗，背着铁锹，一路欢声笑语来到田垄上。父亲松土挖坑，我将树苗放入其中，填土压平，母亲拿着花洒为树苗浇水。一排挺直腰板的树苗，迎着春风踏上属于它们的成长路，将以势不可挡之势抽枝向上，成为田垄的卫士，守护家园的绿意盎然。

以低碳为笔　绘晴空万里

习近平总书记强调："实现碳达峰碳中和，是贯彻新发展理念、构建新发展格局、推动高质量发展的内在要求。"这是我们的行动准则，更是我们对世界的庄严承诺。低碳生活，从我做起，从点滴小事做起！步行、骑车、搭乘公交绿色出行，减少碳排放；固定时间熄灯节约能源，同时还能养成健康的生活习惯；"每一张纸都是一截树木为我们粉身碎骨以后的遗容"，我们理当感恩戴德，充分利用每一张纸……低碳生活的理念日益深入人心，为生态环境保护作出贡献的还有无数多的人们，共享单车遍布城市，新能源汽车被越来越多的人接受，这些都是我们为蓝天白云、晴空万里做出的努力。"山不让尘乃成其高，海不辞盈方有其阔"，以绵薄之浪汇大潮汹涌，窥见阴霾背后曙光。

以回收之笔　书循环之事

盛夏的阳光像是沾了辣椒水，坦荡荡的街上没有一块阴凉地，蒸笼般的闷热让我不由自主地点了一杯冰镇果茶，与以往不同的是，塑料吸管变成了纸质吸管，包装袋上印着五个醒目的大字——"可回收材料"。如此情景令人欣喜，身边的餐饮行业将回收节约融入了企业文化当中。充满烟火气的超市里,将柴米油盐装进"可降解"的购物袋,多了份莫名的快乐。在生活中将循环贯彻到底,用淘米水来浇花,将旧衣物回收……我们要做循环生活的行动者,让回收利用的旋律响彻大江南北。

"水光山色与人亲,说不尽,无穷好。"我们携手并肩,共同用实际行动为城市披上绿色的外衣,让绿草鲜花遍布乡村,让河流明净碧绿,走出一条绿色、低碳、循环的生态文明发展道路。蓝天常在,青山永存,绿水永恒,让我们一起创造中华民族可持续发展的绿色生态未来。

(指导教师:孙钦文)

同时代前行　助生态扎根

王文琛

　　"纤纤不绝林薄成，涓涓不止江河生"，人与自然一直都是难舍难分的一家人。在 2022 年新年贺词中，习近平主席饱含深情地说："无论是黄河长江'母亲河'，还是碧波荡漾的青海湖、逶迤磅礴的雅鲁藏布江；无论是南水北调的世纪工程，还是塞罕坝林场的'绿色地图'；无论是云南大象北上南归，还是藏羚羊繁衍迁徙……这些都昭示着，人不负青山，青山定不负人。"绿水青山是千百年来每位中华儿女的梦想，然而，一时的努力并不难，难的是持之以恒、坚持不懈。"路漫漫其修远兮，吾将上下而求索"，道阻且长，行则将至，行而不辍，则未来可期，为此，美丽中国，你我皆是行动者。

　　绿水青山，来自你我一点一滴的微小践行。习近平总书记强调："要像爱护眼睛一样保护生态环境，像对待生命一样对待生态环境。"当眼睛中出现异物，你会用手轻拭；可当地面出现垃圾，你又是否会弯腰拾起？当生命受到威胁，你会奋起反抗；可当生态遭到破坏，你是否又会挺身而出？倘使夏天空调少开一度，中国的清凉舒爽又怎会只增加一点？倘使出行时少开一次汽车，中国的澄澈又怎会只亮上一分？正所谓"功在当今，利在千秋"。作为青少年，我们应当砥砺前行，拥有"功成不必在我"的精神境界，承担"功成必定有我"的历史担当。一张蓝图绘到底，岁岁年年拼命干，让天蓝地绿水清深入你我心中，让节约环保之风蔚然盛行，让绿色低碳生活成为新时尚，方能铺展开新时代中国美丽长卷。

绿水青山，来自习近平生态文明思想的科学指引。看如今，我国生态文明建设已经踏上新台阶，中国通过实施一系列有力举措，交出了一份令世界惊叹的绿色答卷：近十年来，我国重点城市 $PM_{2.5}$ 平均浓度下降了 56%，重污染天数减少了 87%，被誉为全球治理大气污染速度最快的国家；全国优良水体比例提升了 23.3 个百分点，达到 84.9%，为群众饮用水的安全提供了有力保障；森林面积增长了 7.1%，达到 2.27 亿公顷，成为全球"增绿"的主力军……于是，我们看到了"千载峡江灵秀处，日月流连九天外"，看到了绿水逶迤，青山相向，草木繁盛，花鸟为邻。这样的景色，带给我们的又何止是"美丽"二字？"天地与我并生，而万物与我为一"，唯有坚持以习近平同志为核心的党中央提出的坚持人与自然和谐共生的方针，"迈开腿，跨大步，走正道"，你我共行，定能为美丽中国提供生机与活力。

绿水青山，来自你我坚定的信念和勇气。一湖碧水，一树繁花，对自然的向往流淌在我们的血脉之中。可是，当广袤的大地扬起尘埃、弥漫雾霾，当蓝天碧水消失不见，当我们的肉体和心灵失去诗意的栖居之地，我们能够退缩吗？不！真正的美丽从来不会自行到来。没有破釜沉舟的决心，治污恐将沦为一纸空文；没有壮士断腕的勇气，污染产业的整治就会剪不断、理还乱；缺乏精卫填海的毅力，破坏生态的行径就有可能死灰复燃。

青山如黛，绿水盈盈，生态环境保护的重任早已落到你我肩上。望得见青山、看得见绿水的美好生活，没有我们的共同努力如何造就？让我们铆着"滴水穿石，人一我十"的劲儿，一步一步再一步，朝着绿水青山迈进，让我们在建设美丽中国的征程上，脚踏实地，激流勇进，增强节约意识、环保意识、生态意识，锲而不舍，驰而不息。"人不负青山，青山定不负人"。相信吧！我们一定能推进人与自然和谐共生的现代化，我们一定能赢得中华民族永续发展的美好未来！

（指导教师：刘桂青）

行动为基，吾辈当建设美丽中国

解 语

搞好生态文明，是关系人民福祉，关系民族未来的长远大计。我辈青年正立于时代潮头，理应做中流之砥柱，以行动为基，建设美丽新中国。

这是最好的时代，因为这是一个经济与科技空前繁荣的时代；这是最坏的时代，因为这是一个环境与资源问题空前严峻的时代。所幸，习近平生态文明思想向我们点明了"生态兴则文明兴"这一发展锁钥。走向生态文明新时代，建设美丽中国是关系民生的社会发展方向，也是实现中华民族伟大复兴的重要内容。潮涌催人进，风正好扬帆，我辈青年理应成为建设美丽中国之行动者。

建设好美丽中国，首先须我辈青年坚定信念，将生态文明思想作为水源木根。"与知相分离的行，不是笃行，而是冥行。"只有让行动拥有坚定思想的指引，才能在生态保护之路上行稳致远。回望过去，人们被"用绿水青山换金山银山""人类主宰自然"等错误思想引入歧途，不惜用围湖造田、毁林开荒、收纳洋垃圾等行为增加财富，最后却只换得黄沙漫天、酸雨连绵的可怕之景。放眼今日，生态文明思想深入人心，小到学校内安设垃圾分类桶，大到中国捐助《生物多样性公约》及其议定书核心预算，人们用行动诠释生态文明思想，让建设美丽中国成为共识。我辈青年若想让中国真正美丽，便需用生态文明思想武装自身之行动，迈好建设美丽中国的第一步。

建设美丽中国，我辈青年还应着眼当下，将脚踏实地作为舟桨船帆。空谈误国，实干兴邦。只有将生态文明理念付诸实践，美丽中国才能从概念变为现实。日常生活中，电灯彻夜不休，水龙头滴答不停，塑料袋触目皆是，已是常态。然而我辈只需还夜晚以浓黑，给水龙头以安宁，收塑料袋以妥当，美丽中国便悄然成形。且看深圳实行垃圾分类，竟能达到 42% 的回收率。这也更令我辈清楚，保护环境，无须空话，从自身做起，从小事做起，脚踏实地便能走向美丽家园。

建设美丽中国，我辈青年更应坚持不懈，用恒心作为前进的燃料。正所谓"积久而能"，生态环境保护也不能靠三分钟热度，而应如跑马拉松一般，在长期坚持中赢得制胜之道。你看，石光银与荒沙碱滩抗争 40 多年，终在毛乌素沙漠营造出一条百里"绿色长城"，彻底改变了当地沙进人退的恶劣环境。你看，塞罕坝机械林场通过三代人 60 多年的努力，成功将"黄沙遮天日，飞鸟无栖树"的荒坡变为万亩林海，使塞罕坝拥有世界上面积最大的人工林。无数事例均启示我们，建设美丽中国，持之以恒，方能成功。

"少年振衣，岂不可作千里风幡看；少年瞬目，亦可壮作万古清流想。"且让吾辈树立正确思想、脚踏实地、坚持不懈，以行动为基，建美丽中国！

（指导教师：周清香）